SAN SHAN
BAN LUO

三山半落

蔡晓菲 著

中国言实出版社

图书在版编目(CIP)数据

三山半落 / 蔡晓菲著 . -- 北京：中国言实出版社，
2021.2

ISBN 978-7-5171-3753-5

Ⅰ.①三… Ⅱ.①蔡… Ⅲ.①散文集—中国—当代
Ⅳ.①I267

中国版本图书馆 CIP 数据核字（2021）第 012588 号

责任编辑　王建玲
责任校对　史会美

出版发行　中国言实出版社

地　　址：北京市朝阳区北苑路180号加利大厦5号楼105室

邮　　编：100101

编辑部：北京市海淀区花园路6号院B座6层

邮　　编：100088

电　　话：64924853（总编室）　64924716（发行部）

网　　址：www.zgyscbs.cn

E-mail：zgyscbs@263.net

经　　销　新华书店

印　　刷　廊坊市海涛印刷有限公司

版　　次　2021年6月第1版　　2021年6月第1次印刷

规　　格　710毫米×1000毫米　1/16　13.25印张

字　　数　177千字

定　　价　68.00元　　ISBN 978-7-5171-3753-5

目 录

第一辑　炊　烟

目
录

第四辑　　**平凡之路**

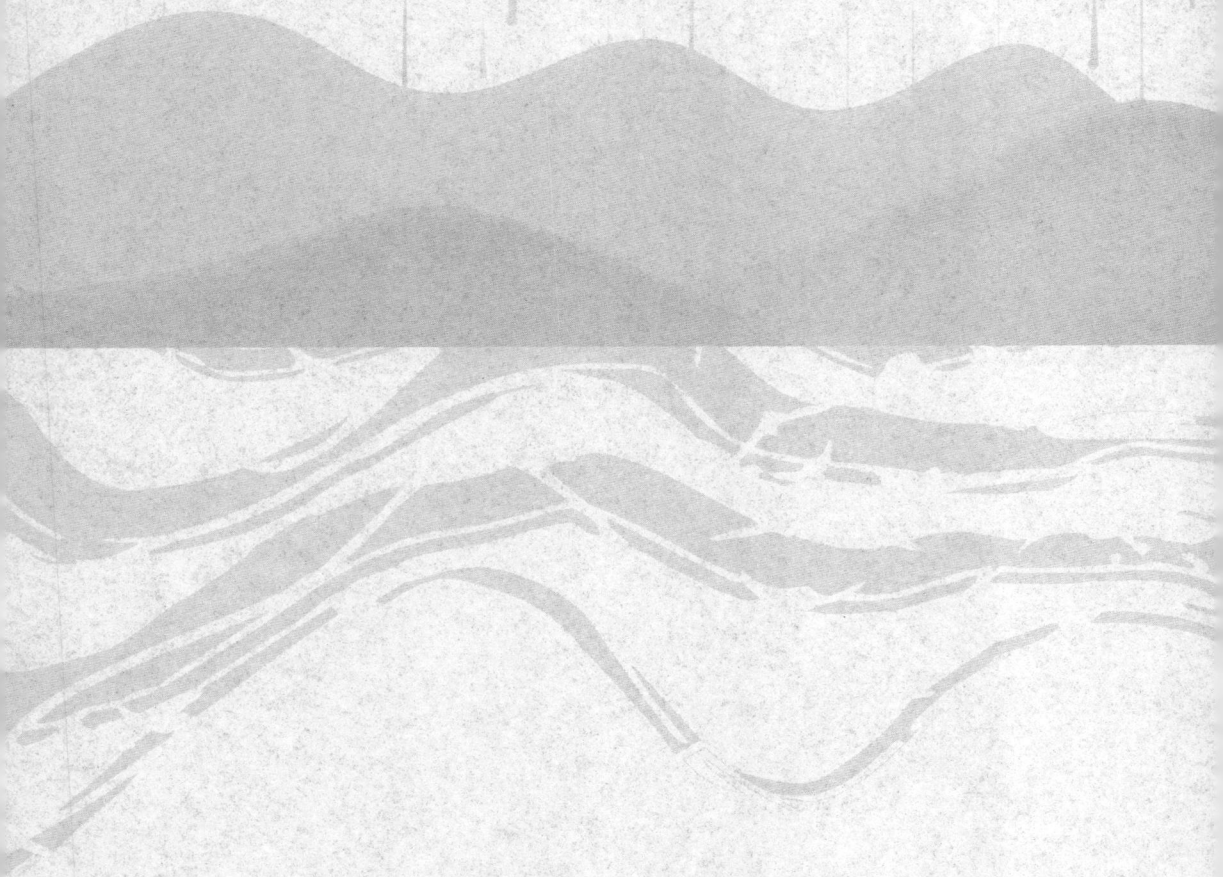

第一辑 炊烟

炊 烟

午后，阳光伸个懒腰，透过白亮的玻璃，浅浅地打了一些光进来。细碎的亮落在窗台上，凉凉的风儿，牵着昨日香甜的梦，恋恋不舍地来来、去去。

她撑着手肘，推一把眼镜。看一眼木头书架上，高高低低、错落竖起的书，想到一篇文中提到的断舍离，就开始从高至低、从专业书到闲书，按着自己的心意，随意摆放起来。

书架的角落夹缝里，竟还留着一本小学三年级语文课本。透明的书皮上带着一片铅笔灰印子，左侧书面儿上，留有用黑色水笔写下的学号和名字。翻开来，哈，秋天校园两侧的梧桐落叶、春天小区里樱花树的浅粉色花瓣，还有学校班主任发的视力结果通知条……都安详地睡在书的某一页，在多年后的此刻被逐一打开。

她拿起靠垫，泡一杯茉莉花茶，盘腿坐在飘窗上，细细翻看。有这么一篇课文，开头写着"炊烟袅袅"。"炊烟"两个字被红笔狠狠圈出来，写着四四方方的两个字"回家"，估摸是语文老师课上强调的中心思想。课本插图上的朵状炊烟，也被铅笔描得很深。

她闭上眼睛，是啊，曾经见过烟囱，也见过炊烟，当时并不觉得有多特别。只是半黑半白，稳稳地竖在老宅屋顶上，盼着远行的游人，望着升起的月牙，数着万家灯火，数着老李家盘子里的白菜肉丝，哪个多了，哪个少了。

说起来，上一次真真切切见到袅袅的炊烟，已经过去很久了。记得外婆家的灶头，有过袅袅的炊烟。

老宅的厨房不叫厨房，叫灶头间。熏得半黑的灶台柱子上，有一个大大的"灶"字。再加上一个大理石水槽、一个老式橱柜、一个深褐色大水缸，一台慢悠悠转着的吊顶风扇，外婆戴着围裙在里面四处转悠，就是灶头间的全部了。

灶头间的主角是两个大灶头，可以一边烧米饭，一边炒菜。两个大灶头中间是一个单有热水的小汤罐，小汤罐里放着一个铜制的大勺，大勺上再叠一个小铜勺。热水瓶没水了，可以直接舀着当煮透的热水。有时来的人多，外婆放上一个井字形的木架子，搁在半熟的米饭上，这样能同时蒸个鸡蛋羹。快好时，淋上几滴酱油，在滑腻的蛋羹上翻滚。

用灶头烧菜，最好吃的当数锅巴了。米饭一熟，把盖子掀开，用铲子靠着锅的边缘，往下慢慢铲下去，再用手随意一包。呼呼吹几口气，急吼吼咬上一口，外头是脆脆的、半焦不焦，合着米饭糯糯的口感，格外香。

每到这时，外婆总会瞄一眼外头，悄悄避开父亲，给她弄很多锅巴。父亲从小严苛，不许她吃烧焦的锅巴，说不健康。外婆就在她的那碗米饭下面铺上一层厚厚的锅巴。等到开饭的时候祖孙两个相视一笑，像是偷偷做了什么坏事一般。父亲咳嗽一声，睁一只眼闭一只眼，就当过去了。

过年的时候，一大家子人齐齐地去外婆家吃年夜饭。人多，都拥在灶头间干活。择菜的择菜，切菜的切菜。

她非要凑上去生火。坐在生火的洞口前面，稻柴燃烧的味道呛鼻子，眼睛也被烟熏得眼泪直打转，闷热的空气里飘散着点点颗粒。她抓上一把柴火，不管不顾就往灶膛添，一边咳嗽一边流泪，火却不见旺。

外婆哭笑不得，拍拍她的小脑袋，拿起靠在稻柴边的剪刀样子的火钳，在柴火堆里拨来拨去，留出个空隙，火才旺了起来。

她吐吐舌头，飞也似的跑去院子里透气去了。她站在院子里，几滴雨掉在眼镜片上，抬头望，天上的鸟不算多，往一个方向飞着，风一阵一阵的。烟囱飘着烟，那烟带一点黑，刚从烟囱里钻出来，立马散到空气里，一大朵一大朵灰色，镶着白边。

　　她看得出神，外婆从窗户里唤她："燕儿，采些葱进来。"

　　葱，种在一个个黑色的软皮盆子里，这盆子原先是从水井取水用的，坏了一角，外婆舍不得丢，给它另寻了一个有用之处。盆子里，翠绿的葱根根分明，有的是刚采完，像男生的小平头一般，齐齐的。她应了一声，挑着长得顶高的一拨，一把剪下来。

　　她噔噔噔，献宝似的跑去厨房，盯着外婆把细长的葱剪成一小段一小段，好奇心就上来了。明明个子不够高，还想着自己动手撒葱花。外婆拗不过她，找来一块平整的石板，她腾地一下站上去，外婆在后面托着她。她撒着葱花，撒进鸡蛋羹里，撒进韭菜里，撒进灶头里。

　　饭菜出锅了，大家围坐在四方桌边，挤一挤，角边也坐上人，拢共能坐上十来个。几位大伯轮流从灶头间端饭菜出来。大家伙儿吃着自家种的菜，说着家长里短，吃吃笑笑。念叨着孩子的成绩，催一催新婚的小夫妻，打趣一番二姑切得一块大一块小的手艺。

　　一盏昏黄的白炽灯，吊在中央，漾起片片暖意。她就着锅巴吃得很香，扒拉完米饭，就借口说喂鸡，用碗刮了点剩菜剩饭，使个眼神，与姐姐妹妹们哧溜从板凳条上下来，去院子里玩了。

　　再回到老家时，老宅前后的屋子都拆得差不多了，外婆也已经搬去镇上住了，门前的几个木桩子零乱地搁着。她推开紧闭的大门，灶头还是曾经的模样，只是很久没有生过火了，旁边还有些柴火码在角落里。

　　院子里也是静悄悄的，鸡棚里几粒黄色的稻谷，散落在角落里。井上盖着两块泥板，罩着塑料膜。

　　烟囱也没了烟火气。

　　老宅终究是要没了。

晚上，她用电饭锅做饭，查了"如何用电饭锅做锅巴"，试了试，还倒腾了几回，没有灶头做出来的那么香。

他们说，新房子会翻建的，就在老宅的地方。

挺好的。

钓

那辆深黄色五座面包车，是父亲在他十一二岁的时候换的。

算到现在，十来个年头过去了。坐垫虽磨旧了，淡黄色磨成了土黄色，但还算是干净。车前镜上挂着的小福包，跟新的似的。后备厢里，码放着各式各样的钓鱼工具，收拾得蛮齐整。

周末吃过早饭，他收拾好碗筷，跟妻子打声招呼，就揣上一包烟、一袋泡面，把大桶保温杯和热水瓶放在副驾驶上，一路开着面包车，听着车载 CD，去隔壁镇的小河钓鱼。

无风，河面极为平静。有早早来钓鱼的人，一把鱼竿、一条凳子、一个桶，一动不动，看这架势应该是到了有些时候了。静静地路过，互不打扰，仿佛多个独立的空间，在自己的空间里自然放空，不关乎他人。

有渔家，摇曳在湖心。一艘小船，两个老人，一个摇着船桨，一个收着渔网。不时有来人问起今日捕获成果，老人回道只有些小虾。也不急于买或卖，就如同相熟的老友问一问近日状况。

他钓鱼有一套本事。一下午，蹲两三个小时，有时能钓起来十多条小鲫鱼，放到专门用来装鱼的鱼笼里。等待鱼儿上钩的时候，眯着眼，仰头吹吹风，好不惬意。

快到四点，他伸个懒腰，提着鱼笼把鲫鱼放回河里，就留个一两条。有人围在旁边，看他倒。一条条鱼活蹦乱跳，接二连三地窜到河里去，荡起半米多高的水花来。

到家，他刮鳞，破肚，晚饭桌上多了一道鲜香、白嫩的鲫鱼汤。他盛上一大碗，凝神用筷子把鱼肉剔下来，再淋上汤汁儿。俯身，对着未出生的孩子念叨着吃鱼的好处，妻子轻拍了下他："这才多大，哪听得懂，洗碗去。"

他俯首假装作揖，回道："小的遵命。"就嘻嘻哈哈去厨房了，一边用丝瓜藤刷碗，一边还不忘回头逗着妻子乐。

自打记事起，他就爱跟父亲去钓鱼。父亲那时做些小生意，手头宽裕了不少，认识的人也多了起来。周末，开着小轿车，约上三两朋友一起钓鱼，他就哧溜一下，蹿上车子后座，缠着要一起去。父亲拗不过他，就带着一块去。

到了隔壁镇上，父亲从钓鱼箱里掏出各种不同造型的工具，还有不同颜色的饵料。红的、白的，粉末的、颗粒的，液体的、固体的，搅一搅，拌一拌，不说别的，光那个香味，闻着就馋人。围着的人们纷纷竖起大拇指，又是递香烟的，又是点火的。

准备万全之后，父亲打开折叠椅，手提钓竿，挂上饵料，轻轻一挥，鱼钩应声入水，缓缓下沉，直至鱼漂直立，微风吹过湖面，带动着鱼漂微微抖动，细细的水波反射起丝丝的阳光。过一会儿，提起鱼竿补上饵料，继续等待。

他双手托腮，找个小竹竿，从父亲那里掏个鱼钩，放点饵料，在父亲两米开外蹲着钓，样子倒也像模像样，虽只钓上来小虾小鱼，但也其乐无穷。

"快！拿捞网。"父亲猛地一拉钓竿，只见一个他巴掌大小的鱼头浮出水面，一个挺身，又钻进水里了。

"是条大鱼。"父亲耐下性子遛鱼，时而紧，时而松，慢慢地鱼儿没了力气，离岸边越来越近，父亲一手接过捞网，一把捞起了鱼，只见鱼钩深深地挂在了鱼鳍上。

周围响起响亮的掌声，点头称赞的、帮着把鱼放进桶里的，递上烟，拢着手一并点上。父亲手扶着腰，挥挥手大笑着，掏出一包烟让大家伙儿散着抽。

到家，父亲把鱼一股脑儿倒进厨房的大桶，就去院子里抽烟了。他印象里，那段时间一周的菜饭，红烧鲫鱼、白蒸鲫鱼、鲫鱼汤、鱼丸子，总之变着法儿地做鱼吃。秋天的鱼肚子里有一包鱼子，红烧鱼子也美味极了。

夏日的傍晚，鸟笼中的鸟儿叽叽喳喳叫着，云半掩住月亮。父亲在院子里的石磴子上，就着花生米喝点黄酒，二郎腿晃晃悠悠，听听电视机里的相声，日子就这么过着。

直到他小学毕业那年，变了。母亲在厨房里默默抹眼泪，晚上房间里传来争吵声，说着刺耳的"赌博"字眼。短短一个月，小轿车没了，生意也没了，还是托亲戚，父亲才在厂里谋得一份活，两班倒。

厂里工作忙，但第二天一有空，父亲还是会去钓鱼，比以前去得更勤了，到兴头上连班都不去上。一到家，就扔下鱼笼，掏出烟，到院子里抽，一根接一根。

一日复一日，争吵声也一日复一日。

回想起来，他跟父亲仅有的亲子时光，大概就是在钓鱼的时候和央告着父亲一同去的时候了。

再后来，父亲年纪大了，鱼钩上有时会忘记放鱼饵，也不去隔壁镇上钓鱼了，会去步行能到的小河边钓。没有鱼饵，上来的自然很少是鱼，算起来最多的是塑料袋、旧皮鞋，还有看不出颜色的毛衣，都被父亲摆进了自家仓库，还码得齐齐整整的。

父亲码一批，母亲扔一批。他也从没问过父亲为啥要留着那些垃圾。父亲还是去，一有空就去。就连他举行婚礼那天，老舅们去河边才找到父亲，拉也拉不回来。母亲一个人眼含着泪，笑着招呼亲戚朋友，直到所有人离场、散去。

后来他也开始钓鱼。

钓鱼的老人说，钓鱼这事儿重在钓，不在鱼。抛下鱼饵时，脑海里回荡着各种各样杂乱的思绪。等待鱼上钩时，每个垂钓者之间都保持着一番自适的距离与默契的沉默，自由且安全。河里的每条鱼，不知道被钓上来过多少回，又被放回去多少回。

他和父亲不同，偏爱一个人去钓。风吹过，只会在意鱼漂有没有浮动，压根没人会在意对方的发型如何，是否吹乱。不管有没有鱼，偶尔互通个姓名，两手空空来，两手空空走。

也有其他。清晨的路两旁，木头做的座椅上面零零散散有好几个空啤酒瓶，几个透明塑料盒子里残留着食物、竹签，一眼望去，红色、黄色，画面感充满辛辣、苦味。

他看着，仿佛能脑补出人们在夜间的大道上，吹着风，伴着声声蛙鸣，喝着酒，用力宣泄白天情绪的样子。也会偶尔想起父亲当年生意场上意气风发的模样，想起晚上压抑的吵闹声，还有那盆母亲从不吃的红烧鱼子。

初阳升起，他手里握着鱼竿，蹲坐在青岩上，戴着帽子，微润的风吹在脸庞，鼻息透着清晨的味道。

闻……

他儿时印象里的，是裹着鱼腥和垃圾的味道，但现在，那味道变得稳定而柔和。

飞舞的手帕

　　爷爷有个妹妹，亲的。那会儿家里穷，就几亩地，爷爷的父亲，就是太爷爷，当地称为男太太，上梁盖屋顶的时候，一个不当心，滑溜下来，腿折了，顶梁柱倒了，家里的日子更不好过了。

　　爷爷的母亲，就是太奶奶，当地称为女太太，要在家带三个孩子，脱不开身。只得托人从镇上的厂里，接些零工，做娃娃的、缝大衣扣子的，毛屑、针线堆成小山。后来眼睛就不中用了，眯着看久了，就容易有水出来，连针都穿不过去。

　　可终是抵不过吃饭的嘴多，两个儿子岁数大一些，正是长身体的时候，两个米桶见底得快。女太太起早贪黑地忙，奶水少，妹妹从小就比平常一般大的孩子要瘦小。男太太，踩踩脚，拍桌子，开口把当时三岁的妹妹过继给了一家远房亲戚。

　　冬天，刚下过一场雪，妹妹红袄子、红帽子、红围巾，被裹得严严实实，抱上了大巴。袄子右边肩膀上，一条红色的、角上被烤得黑乎乎的手帕，在风里翻飞着。纯白的雪地，几双来来回回、重叠的脚印，停留在了站台上。

　　养父母家没有女儿，对妹妹极好。妹妹长得俊俏，乖巧嘴甜，养父母供她读书，一直读到高中，去了镇上一家纺织厂做出纳。她二十来岁那年，给她寻了一户好人家，带了一套陪嫁房子过去，两室一厅。这户人家虽条件一般，但是实心眼的，一家子待她也好。

男太太把两个孩子勉强送去学校念书，也都各自娶妻生子，有个过得去的营生，讲起来当年的拍桌子，值当。可每到站台，女太太总能想起小女儿，想起那个冬天，想起红袄子外头飘着的红手帕。虽然送走她的时候年纪小，记不得什么事，两边家里人也没瞒，但那股气总还是压在她心头，也压在男太太心头。

男太太的病很突然，发病到过世，不过几个小时的事情。爷爷打电话给她，电话那头沉默了许久。出殡那天，她牵着孩子回来了。到村头，戴着白帽子、围着白布、别着黑袖章的队伍，从她面前走过。她哇的一声吼出来，吼得喉咙哑了，瘫坐在泥土地上。

等缓过劲儿来，她去里屋别上黑袖章，上面一朵白花，低着头，也没跟家里人打照面。径直走到模糊记忆中的屋里，跟大婶们一起，去给守了一夜的邻居们蒸包子、煮粥吃。

她手里牵着的孩子，才四五岁，哪见过这场面，看得一愣一愣的。听着敲锣打鼓，看着一群孩子在一旁剥花生吃，还以为是什么好玩热闹的事情。

孩子和她长得像，连性子也像，生性皮，和不认识的孩子们熟络得快，绕着搭的棚子、院子里的长条凳、来吊丧的人们玩。玩疯了，鼻涕掉下来，直接用手抹，也不管。

女太太坐在里屋，眼里泪汪汪，却还是忍不住往外头看。颤悠悠地去卧室，从箱子里掏出来一条棉手帕，递给爷爷。爷爷好不容易逮住了小皮孩，这孩子后退几步，摇摇头。女太太抹一把眼泪，里屋的哭声，更响了。

这被送走的孩子，论辈分，我是叫姑姑的。

男太太去世之后，两家还是联系不多，逢年过节会过来吃团圆饭。直到姑姑生了孩子之后，两家人平日里往来才多起来，办喜事，随礼，也才慢慢走动得频了。

姑姑的两个孩子是龙凤胎，都还在上幼儿园。每回来做客，姑父都是大包小包背着，孩子的碗筷啊、绘本啊、帽子啊、背心啊，次次都像赶集似的。

见面，大家吃吃饭，聊聊家常。说起姑姑还在读书那会儿，来家里玩的趣事。阳台上，两把小木凳，一个桌子，一把五颜六色的细竹签，就可以玩好几种花样。一把撒开，轮流用一根挑开。也可一把抓起，悬在半空，手一点点松开，让竹签一根根下来。还可三根竹签，拼成一个三角形，再拿几根往空心的地方一内一外点。

姑姑虽比我大个十来岁，但还是孩子脾气，总会因为彼此有意无意的耍赖，玩不下去，争得面红耳赤的。可即便这样，一会儿也就忘了，又开始去楼下挖泥巴，做橡皮泥，衣服、裤子一塌糊涂。手一抹，脸上像只小花猫。

话还没说完，两个孩子吃饭也不消停，都喊着要妈妈。姑姑抱着一个，我抱着另一个，两只小嘴米饭粒、酱油汤滴滴答答，抽纸一张接一张。

爷爷从卧室里拿了两条手帕，新的。往姑姑手里一塞，孩子手臂上一别。孩子们觉得新奇，自己擦脸，看着手帕上的图案乐呵。姑姑扒拉一口饭，静静笑着说道："这手帕，摸着真舒服。"

爷爷和她，都笑了。

记得以前，用手帕的是多数。每件外套上总有一群小洞，一个银别针随机别一块五彩斑斓的手绢。流鼻涕了，出汗了，都可以拿来擦一擦。幼儿园里，老师带着在操场上做木头人不许动的游戏，手绢们一会儿跳得高高的，一会儿又刹车静下来。

学校里老师表扬学生，也会发小手绢当奖励。别小看这手绢，和现在的红苹果有一样的威力，要是得了个手绢，那天天别着，光别着而已，有小动物、小朋友的图案，当心护着，就是不用，跟有很大的荣誉似的。

女娃娃们还会数手绢的颜色。谁的颜色越多，就觉得越好看。去上学，还会把手绢都摊到小桌上，挠挠头想一想戴哪个。而男孩子们玩心更重，课间休息比赛折小老鼠玩，自然也脏得快。

　　再大了些，上体育课，会围坐一圈，玩丢手绢，男生女生都爱玩，一个隔一个坐在草地上。大家拍手，唱着"丢啊丢啊丢手绢，轻轻地放在小朋友的后面，大家不要告诉他，快点快点抓住他，快点快点抓住他"。跑着的人有时会假装俯下身，做假动作，也会不经意轻轻放下去，就开始跑。往背后一看，有手绢的就开始起身，跑着追。其他人就鼓着掌，喊着某某加油，某某减油。嘿，调皮的女生啊，会悄悄放在熟悉的男生身后。

　　迎着春天的风呀，吹得人心痒痒。

　　走时，爷爷一家步行送到大门口。我和姑姑坐在车里，一人抱着一个孩子。孩子们小手挥一挥，说再见。手臂上别着的手帕松松软软的，随着风轻轻飘着。

　　真好看。

缝纫机

　　洗完头，她在起雾的镜子上面划拨两下，从架子上拽下毛巾，裹起湿漉漉的头发。插上电源，拿起池子边的吹风机，发现插头上有一小截黄线翘在外面，喊母亲。

　　母亲在外面收被子，手腾不出来。让她先自己去找卷胶带，包上再用。她顶着重重的脑袋，从客厅、厨房，再到卫生间，翻了一圈，找不见。

　　找东西，果然还是母亲在行。跟着遥控指挥，她一路找到小房间，才把目标锁定角落里的桌子。一张紫红色的布盖着，四周坠着金黄色线圈，桌上七七八八的东西挺多。她把布上的杂志、眼镜、字典，通通收到一边。

　　掀起来，布上落的灰尘不多，底下是一台老式的缝纫机。这台缝纫机是母亲的嫁妆，蝴蝶牌的。听母亲说，是二十几年前，父亲特地托人从外地捎回来的。那时是个大件了，来贺喜的大姐大婶们摸一摸，直竖大拇指。母亲低着头，手摸着线圈，红着脸，在一边捂着嘴乐。

　　缝纫机外面，淡黄色的木头材质，面上一对精巧的蝴蝶图案，原本凸起的图案磨得快平了。中间大些的抽屉是倾斜的，放着镊子、剪刀，左边的小抽屉是四四方方的，放些白色划粉、橡皮筋。一大一小两个轮子，和黑色踩脚连在一起。

　　踩着缝纫机的母亲，总是不知疲倦。铁窗户露开一条缝，清晨的阳光透进来，母亲已经开始踩了。细密的针脚一点点缝进布里，她上学装书本的小布包啊，爷爷出去闲聊提喝水杯的袋子，简单的棉 T 恤，也缝进平淡又实在的日子里。

家里地方不大，一摞一摞书、变小穿不了的衣服裤子，没地方搁，白天，母亲就把缝纫机收起来。收着的时候，缝纫机就是个小桌子，父亲的书、她的书包，沉甸甸地搁在上头，也很稳当。

对儿时的她来说，缝纫机是多么神奇啊。各种小玩意儿就在母亲脚踩手推中蹦了出来，如给毛绒玩具穿的小裤子、小裙子等，这些玩具串联着她童年的斑斓记忆。

总归是皮。有次她趁着家里大人不在，从枕头下掏出自己珍藏的小碎布、几团线，学着母亲的样子，使出吃奶的力气，把机子翻上来，再穿过针眼，穿得倒挺利索，小得意一番。

坐着，脚够不到，就站着踩。探几下，才轻轻踩下去，耳朵竖得紧紧的，不敢使全部力气踩下去。忽然听到门外有脚步声，脚一个不听使唤踩了下去，手忘记挪开了。针直直扎下去又回上来，瞬间大脑一片空白，过了一会儿才反应过来，哇的叫了一声。

母亲奔过来，抓起她的手，打两下屁股，嘴巴一张一合，脸涨得通红。那时没有创可贴，母亲翻开左边抽屉拿胶布，白白厚厚的胶布缠到手指上。等过一晚上再拿下来，手指惨白，撕的时候也是一顿痛。学乖了，果真就不碰了。

她上中学了，作业多起来。大夏天的，她在客厅里写作业，头顶上的风扇呼呼转着。母亲关着门，闷在小房间里踩缝纫机做东西。母亲手工活麻利，平日里哒哒哒哒，声音有序悦耳。可那时的踩脚声很轻很轻，她写作业开始越来越快、错的也越来越少。

后来，搬家，笨重的大家伙大多当废品卖了，这缝纫机却是舍不得扔，硬是被父亲扛着上了五楼。

没想到，缝纫机还真是派上了用场。高中她住校，入冬，晚上教室里会冷，想着把羽绒服找出来。一件深蓝色羽绒服不知怎的有一个洞，发现的时候口子又大了些，洞口边的黑色灼烧痕迹淡了些，毛直往外冒。母亲找了一个大小差不多、两个人背靠背的商标缝了上去，虽看着有点突兀，但亏了缝纫机，她又穿了好久，度过了那个寒冷的冬天。

可到底，用到缝纫机的时候少了，所以，缝纫机上面常是堆着一堆东西，可盖着的紫红色布总是干干净净的。

听奶奶说，那时家里条件不好，供到初中，实在拿不出下一年的几块钱学费了，母亲放了几年牛，再大些就和其他大孩子们一道，去厂里学做缝纫工。

记得相册里，看到过一张照片：午后的初夏，服装厂外面，吃过中饭的年轻小伙们三三两两聚在一起，抽着烟，喝汽水。姑娘们坐在花坛边，聊着最新的衣服样式，掩着嘴笑。

照片上，二十岁不到的母亲穿着蓝色的方格针织马甲，披着当年流行的中长卷发，手插在裤袋里，一只脚半搭在花坛上，同旁边的厂友说着话，笑靥如花。

这一干，就是二十多年。这缝纫的手艺，也是这样练出来的。老茧也磨了出来。

头上水滴下来，她抽开缝纫机左侧的小抽屉，在一堆划粉里找到了一卷白胶带，细细缠到露出来的黄线上。母亲这才放下心，顺手帮她吹起头发来。

她转头唤母亲：“待会儿，教我做个套袖吧。”

母亲笑着，刮一下她的鼻子，点点头。

狗、羊和少年

羊圈里养了几只羊，水泥砌的一间小屋，打的木栅栏门，地上铺满了稻草。夏天透风，冬天就冷了，在木门上盖一层布，羊就这样过冬。

在一个阳光明媚的午后，羊圈里的羊妈妈开始下崽了，偶尔咩咩两声，肚子有节奏地微微抽搐。啪叽——一坨小羊掉在地上，胎衣里包裹着小羊和羊水。

小羊挣扎着，从胎衣里探出头。羊妈妈舔呀舔呀，把小羊舔得白白净净。小羊颤巍巍地试着站起来，找奶吃了。第二只，第三只，第四只……

等小羊们都落地，站起来嘬奶了，小竹竿才挤进羊圈来，第一次见刚出生的小羊，激动坏了，直跳。小羊们有点受到惊吓了，有几只脚一软，又坐倒了。

其中一只小羊，站得最稳当。下巴有一撮黑毛，其他都白白嫩嫩的，叫声也是粗粗的。小竹竿给它取名羊大爷。小竹竿大着胆子往羊大爷脖子里系了根蓝色的绳子，上头挂着一个金黄色的铃铛。

羊大爷，走起路来丁零当啷，两只角竖得高高的，小竹竿站它旁边，还高出半截。羊大爷吃草细嚼慢咽，一顿鲜草宴能嚼个把钟头。小竹竿盛一碗米饭，蹲在羊大爷旁边，一起吃一个钟头。

吃饱了，羊大爷就四肢蜷曲，头耷拉着，卧在稻草上，不管小竹竿怎么闹，它一动不动午睡。酣睡起来，能睡一下午，爷爷拉它去山上散步吃草，都不乐意。

瘸腿的大黄狗，是爷爷带回来的。身上脏脏的，泥土多，白的地方少。和羊大爷总是不对付，对着狂吠。羊大爷不搭理它，就叫得更厉害。

有次，大黄拱着羊大爷去散步，还轻轻咬了一下。这下，羊大爷急了，咩咩叫唤。羊大爷、大黄，一个在院子里，一个在院子外，两米多的距离，像是敌人一样。

小竹竿过去调停。他像是调解员一般，自己在中间说话，两边开导，要一起做好朋友。之后一到下午三点钟，大黄来木栅栏前一叫，羊大爷就慢悠悠走出来，和爷爷一起去山上散步。有时小竹竿也会跟着一起去。

后来，父母去省城工作，一家人要搬去省城，小竹竿的转学申请也打好了。爷爷奶奶说住不惯城里，舍不得老屋，就留在了老家。

一开始父母工作忙，请不来假，车费也贵，隔了两个暑假再回来，小竹竿已经是戴红领巾的少先队员了。大黄小时候就跟小竹竿很亲，这次回老家，第一个来迎接的就是大黄。远远的，听到脚步声，闻到气味，大黄就摇着尾巴，兴奋地冲过来。

他住在曾经的房间里，多了电视机、洗衣机，房间里的墙纸也涂了层新的。清晨，阳光尚未穿过云层，一阵鸡鸣犬吠，伴着奶奶赶鸡的声音，嘟嘟嘟，咕咕咕，小竹竿从睡梦中醒来。

他啃了两口包子，喝几口粥，做完暑假作业，从爷爷手中接过今天的任务，放羊。唤一声山羊，没动静，两声，还是没动静，爷爷叫唤羊大爷，它才噌地起身。小竹竿拎起木桩，连带着木桩上的绳子。只见羊大爷抖一抖脖子，左右晃下脑袋。小竹竿一挥手，家里的大黄腾地跑过来，轻车熟路带头出发了。

到了农田外的几块荒地上，羊大爷来回在一块草地踱步片刻，才停留下来。小竹竿把木桩竖起来，绳子往外放开，它就优哉游哉地吃起早饭来。大黄趴在羊大爷几米远的地方，半眯着眼，晒太阳。

有大黄留守，人不在也能放心。于是小竹竿发了会儿呆，就顺着原路回家，爷爷正在河边，用大水瓢捞水葫芦。绿色的水葫芦，装了满满两箩筐，一根扁担挑着走回家去。爷爷一路喊着号子，嘿呦嘿呦，小竹竿晃着水葫芦，跟在后面。

到家了，小竹竿从箩筐里抓出两大把水葫芦，踮起脚尖，一下子都洒到羊圈里。四只绵羊看到有吃的，立马伸出头来，还没来得及放下去，舌头就伸出来了。羊圈里铺满稻草，等绵羊们吃饱喝足，就到角落里趴着休息了。爷爷拿着铲子，把隔夜的干草铲出来，换上新鲜的干草。再把隔夜的干草送去发酵，当作肥料。

小竹竿还有个任务——补水。爷爷奶奶闲着没事，又腾出来一小间屋子，养了几只鸡和鸭。屋子有阳光，还通风，小鸡小鸭们从一出生就在这间屋子里，等到它们长大，绒毛褪去后，才放出去。有一个专门的容器，中间是水，外面一圈是饲料。小鸭是不能断水的，小竹竿的任务就是保证水不能断，从院子角落的大缸里舀上一瓢水，小心翼翼补到容器里，小鸡小鸭们就一拥而上，抖抖小尾巴，喝一口，抖一抖。

看看日头，奶奶估摸着羊大爷吃得差不多了，就赶着小竹竿去收木桩，还拌了一碗酱油饭犒劳大黄。小竹竿拎着提桶，桶里装着酱油饭，出发了。

远远看到羊大爷在草地上伏着身子，大黄也趴着，相安无事的样子。小竹竿晃了晃提桶，大概是酱油饭味道太香了，只见大黄猛地起身，往小竹竿的方向跑去，羊大爷也惊了一下，直接把木桩都拔了起来，也一起丁零零向前跑。

于是，一条狗，身后跟着一只羊，直挺挺地跑来。小竹竿一下子愣住了，丢下提桶，也开始跑。

一个孩子，身后一条狗跟着，一只羊也跟着。跑得乐，竟连食物的吸引力都弱化在风里了，大黄只在提桶的地方略微减速，羊大爷像是老小孩一样，继续跟着跑。

正午的日头快到头顶上了。一条狗，一只羊，一个少年，就这么跑在阳光里。

三山半落

老　街

听闻，老街翻新了。

奶奶有个习惯，天天都会去两三趟市民活动中心，和阿婆们坐在花坛边的长凳上聊天，看玩轮滑的孩子们绕着一列小锥子，两只脚看似打架又不会撞到。

说起曾经老街的模样，回忆起年轻的爷爷穿着解放鞋，骑着自行车，载着自己兜风的时光。

朋友圈随手刷一刷，儿时的伙伴们也在默契地晒出焕然一新的照片。排队去吃泡泡馄饨的人都到了入口处，小碟子里一块炸大排诱人得很，日光下油亮的木窗框、清一色木制招牌。

早春，随意一个周末，刚下过小雨，空气氤氲，带些许潮湿。轻衣，惬意，起个早，挎起相机，邀上友人去老街晃一晃。

大约是周末的缘故，路上来往的行人不算多。服装店门口放着热门歌曲，老板娘倚在收银台边上嗑瓜子。两个年轻姑娘在镜子前，把衣服往身上比画，左瞧右瞧。

十字路口，红绿灯规律地闪动着，男生停下电瓶车，一只脚杵在地上，一只脚护着脚踏板上的大西瓜。后座的女生扎着马尾辫，手里抓着一串冰糖葫芦。

……

眼前的老街，比照片上的，更富有美感，古朴、优雅，往日的破房与危房也已一一缝补。谈不上纯粹的粉墙、黛瓦，依稀能窥见曾经的线条、模样，用老人的话说，魂灵头在。

排队吃泡泡馄饨的人依旧很多，能排到十来米。店里，能拼桌的、不管认识不认识，都坐在一起，只为尽早吃到期待的美食。边吃边聊，聊出意外的相熟与缘分。如果见人多，不爱挤进去，就先往深里走一走。

重走一遍老街，踩着没有长满青苔的石板，少了滑腻腻的触感。下过雨的小镇，空气里夹着淡淡的青草香，鸟儿们扑扇着、飞上了柳梢头。

一家家老店门口挂的木制招牌、湖边放着的一把旧藤椅、高高竖起的电线杆、凑在一起下棋的大爷们，令我不觉忆起童年时在老街的时光。

那时小小的个头，觉得老街啊，是一条很悠长、很悠长的巷子，得走好久才能到头。

老街热闹。街边有摊着塑料袋、卖着自家种的蔬菜的，有竖着杆子、叫卖着大红色冰糖葫芦的，还有周末踩着三轮车、三两结对去做礼拜的老人们。

周末的清晨，约定爬起来和奶奶一起上街买菜。奶奶挑菜的时间短，但这里说会儿话、那里唠一会儿嗑，问问价钱，再往回兜一圈，小孩总是不耐烦的，更要命的是泡泡馄饨的香味一阵阵飘来。

明明才吃好早饭，又嘴馋了，硬是扯着奶奶的衣角，往香味处一寸一寸挪过去。奶奶轻轻敲敲我的头，一手提着买的卷心菜啊、鲫鱼啊，还有送的一把小葱，一边拉着迈不开腿的小屁孩，沿着这一条又长又深的老街，走啊走回家。

再大些，能凑在小孩儿堆里玩儿了。邻家的哥哥比我大上个三四岁，俨然是个领队了，带着我们一群小孩子疯玩。没有目的地，也没有具体去吃什么好吃的，就这么毫无头绪、浩浩荡荡地奔跑在老街上，呼啦啦来，呼啦啦去。

那时候的零食没有现在这么多样，零花钱也极少，印象里攒上一个两个硬币都得花上些许日子。留是留不住的，等攒够了一块钱，与小伙伴们一同去老街。虽一块钱只够买一个萝卜丝饼，还得大家伙儿分着吃，可心里也觉得美滋滋的。

那时的萝卜丝饼，说是人间美味也不为过。同一个地方，那个临街的角落里，姜阿姨一直坐在那里，一个煎饼的锅子，放在生着火的小土灶上，镂空的勺子来回在油锅里上下倒腾。平日里只能忍着馋、闻着香味走远，这回像个小大人似的，郑重其事地把钱放到旁边的铁盒子里：

"阿姨，要一个萝卜丝饼，热的哦。"

姜阿姨掩着嘴笑："喏，回家记得把嘴巴上的油抹了。"

手里握着热乎的萝卜丝饼，和小朋友们你咬一口、我咬一口，吃得欢，雨滴打到脸上，才发觉下起小雨了。一溜烟儿跑到屋檐下，抬头看，天变得小小的、窄窄的，雨滴落在屋檐上，要掉不掉。盯着看久了，入神了，竟觉得眼前的屋子都有些摇摇欲坠了。

雨依旧下着，没有停下来的苗头。老人们不慌不忙收好晾着的衣服，回屋拿个小板凳，坐在自家门口屋檐下，端一壶热茶，揣一把瓜子放到口袋里。说谁家生了个大胖小子，谁家办丧事儿请谁来哭。生生死死在老街交替上演着，老人们谈论着，就像是谈论今天的菜贵了几毛钱一样平常。

姜阿姨不住在老街。下雨了，天也渐渐暗下来了，眼看着人来往少了，她就索性把剩下的饼煎了，分给围坐着聊天的老人们，收拾收拾，去外头小摊买上些蔬菜，乐呵呵回家做饭去了。

有次去老街附近寄个快递，那会儿还没有开始翻新，走到街角，熟悉的香味竟还在。姜阿姨已到了奶奶的年纪，不过身体看着挺硬朗。说起以前的事情，记不起来了，手艺还在。她熟练地煎起一个萝卜丝饼，上下翻转着。咬一口，是熟悉的味道。铁盒子不在了，走时扫了二维码。

她掩着嘴笑，说以后就不做了。

萝卜丝饼不见了，可翻新后的泡泡馄饨店门口排满了食客，前来采风的人们也络绎不绝。

老街终究是活起来了。

奶奶的桂花树

回家路上，一对母女站在花坛处。

孩子穿个小马甲，三四岁，挠着头，往前探着身子，眼睛四处找啊找，问一旁的妈妈："是哪里来的香味呢？"妈妈蹲下身子，笑笑指着棵桂花树："这是桂花香。"

"那嫦娥也住在这里吗？"孩子眼睛放着光亮。妈妈掩着嘴笑，心想着昨晚睡前故事讲到了后羿射日，小脑袋就记着了。"嫦娥仙女啊，不住这里，她住在……"

一大一小两个背影，牵着手，说着嫦娥的传说，慢慢走远了。

留心闻了闻，真是桂花香。鹅黄色的花瓣小小的、嫩嫩的，香味溢满了一条街道，走过的人身上也落下了秋的气息。风拂过，落在泥土上，或坠于行人的肩头，一粒粒、一瓣瓣，余香萦绕于人周身，不褪去。

见过一张黑白照片，里面也有这么一棵桂花树。

奶奶坐在藤椅上，戴上老花镜，从抽屉的手绢里拿出这张照片，坐在床沿上反复抚摩着，嘴角带着笑意。树下，站着一个青涩的女子，虽是平常的长袖布衬衫、微微皱的长裤，但依旧觉得美好。

听母亲说，那是奶奶年轻时候照的。我没问，猜想会不会是奶奶的青梅竹马曾在树下许诺过什么，又或者只是在怀念那时的青葱年华。

爷爷脾气不好，念叨饭菜咸了淡了是常事，一时见不到奶奶就扯着大嗓门叫她，胃不好还一直嚷嚷着要喝酒。奶奶从来不发脾气，每次把饭菜端出来，第一个便问爷爷咸吗、淡吗。

爷爷骨头硬，得经常泡热水、按摩筋骨才活动得开，因此每天下午两点，奶奶给爷爷按摩脚，学着电视里的穴位按。大约半个钟头，爷爷打盹睡着了，奶奶才歇一歇，擦擦汗。

只就一件事，爷爷的酒她是一定要管住的。顶多家里有高兴事，奶奶才从后屋的橱柜下头，捧出自家酿的桂花酒。

九月的时候桂花最旺。有时放学回家，瞧见奶奶拿着一个竹子做的大圆匾，在桂花树下摘桂花，再用纱布轻轻地擦去桂花上的尘土。我们几个小孩扔下书包，开始围着奶奶互相追着玩，还时不时抓匾里的桂花玩，奶奶假装生气地摆摆手，"去喝水去，桂花脏了就不好了。"

秋天的味道，收在厨房间的大缸里，等到来年打开。这陈年的桂花酒啊，一层一层的布盖子随着奶奶的手慢慢揭开，香味啊，从后屋直溜到大门口了。奶奶拿出一个空碗，倒上二两桂花酒，不多不少，端给爷爷。爷爷撇撇嘴，手掂一掂，奶奶眼睛一瞪，就没话了。家里没别人喝酒，一大瓶桂花酒照理能喝上个大半年，可不知为何见底见得快。

十多年前，用奶奶的话说，爷爷不知道抽了什么风，执意要去几百公里以外的渔船上看门，工资不高，又是刮风又是暴雨的，可没人说得通。原以为这么一来，奶奶不用忍受爷爷的脾气了，爷爷多喝点小酒也没人说了。

没想到，奶奶像是失了魂，一到下雨天，就念叨船上冷不冷，让人带去被子，还有自家酿的桂花酒。爷爷也常打电话回家，从天还亮着一直聊到天黑。

一年后，爷爷回来了，脾气还是很大。咸了、淡了还是和以前一样，但人感觉变得迟钝了，忘性还大。我们一直以为是半夜看船，大风大雨受了惊吓，后来爷爷走路摔了一跤，去医院看，才知道得了叫帕金森的病。

从得病到现在也有十年了，奶奶也侍奉了爷爷这么些年。每天下午两点雷打不动，奶奶都会帮爷爷按摩腿、脚，把每天吃的药分门别类地放好。帕金森这个病，像鼻炎一样，根治不了。人也时不时发懒，天气好的时候，奶奶硬拖着爷爷一起去散步，累了就坐在桂花树下歇一歇。

一次下雨天，爷爷犟脾气又上来了，非要一个人出门去看戏，路滑，又摔了一跤。这回摔得挺严重的，找到爷爷的时候，下巴上的肉都翻出来了，裤子上、衣服上都是鲜血。奶奶用两块擦脸的毛巾死命按住，一路上从来不发脾气的奶奶一直埋怨着爷爷。去医院，缝了十几针，爷爷像是犯了错的孩子，一声不吭。

在医院的日子，奶奶一直守在爷爷身边。奶奶把病房里的折叠小床放出来，紧紧挨着病床。奶奶说，近一点，这样他痛的时候叫，我就能听见了。可我们知道这样肯定睡不好，让她回家休息，她就是不听，非要自己守在那里照顾爷爷。都说夫妻相，这点犟脾气，倒是和爷爷有点像了。

出院后的一天，我回家吃饭，闻到一缕缕桂花香伴着饭菜香，弥漫在楼道里。只见墙角有一个空的酒瓶子，瓶子里插着一小束桂花。

奶奶笑笑说，是老头子捡的。

这笑意，似曾相识。

晒 谷

九月，他和朋友去采风，一路走，走过波浪推开的湖畔，走过钢筋水泥投下的影子。男孩女孩们嬉笑着，结伴放风筝。风筝带着雀跃的心，越飞越高。

迎面，有骑着赛车环湖一圈的队伍。路不算太宽，两辆车并排，剩下的地方就小了。不争不抢，赛车手按照自己的节奏骑着，不并排说话，直到下一个集中休息点，才摘下骑行眼镜。

还有手牵手散步的情侣。女孩撒开男孩的手，跳到马路牙子上，张开双臂，低着头往前大步走，男孩笑笑，凑近托着她的一只手，放慢步子跟着。

迎面吹过的风，多了一丝凉意，人也渐渐变少，都开始返程。

往东去得多，他们就往西面开，同行的车越来越少。眼前一片金黄，稻谷整片铺在马路上，有三四位老伯拿着耙抄着稻谷。

在夕阳的光照中，老伯们抄稻谷，撑开袋子任稻谷尽情流淌、挥着编织帽半遮住额头的模样，无一不被他们记录下来，生动、深邃。老伯双手捧着稻，很实的一大把，任由稻谷簌簌从指缝间滑下。那双手，黑红、粗糙，像红萝卜浸在泥水里。手背是黑的，手心是红的。

"小伙子，你这个年纪，估计都没见过吧？"

他见过稻谷。

老家院子里有台黑色生锈的机器，平日里不张嘴说话，一起动转得飞快，大人们在一边忙着接力，他假装凑近一点，暗戳戳再挪近一点，探着脑袋向里面望。

母亲拉着他的耳朵，指着它，再三对他说，不能走近，还说邻居家的大人喝了酒就干活，手臂差点被夹断，血溅到谷上。他牢记母亲的话，只敢远远地望。

父亲做事儿麻利，晒干的稻穗堆在场上，扎成一小捆，按个儿放在机器上从左扫到右，稻谷从稻穗上翻飞落下，大多落在对面的水泥地上，部分落在机器下头。

一个吹风机器。母亲捧着竹簸，抖动，父亲用铁锹抄起稻谷，往竹簸里放，连带着机器下的也扒拉出来。一抖、一吹，稻谷和残留的叶子分开了。

几个乡亲轮流到各家帮忙，装进印着尿素字样的蛇皮袋里，甩到拖拉机上，堆得山高。突突突，运到粮管所去卖钱。一个个过磅称分量，除了自家按人头留些粮食，其余的所里都收了。

自家留的稻谷，得去壳。一般人家是没有去壳的机器的，有人专门做这个生意。交上几毛钱，自己放到机器里去壳，一转完，外面一堆米糠山。

农家，什么都能派上用场。母亲将去下的米糠与饲料、水搅拌在一起，来喂家里的鸡鸭，但用量可得把控好，不然生出来的蛋会少，鸡鸭也长得慢。

光秃秃的稻秆用处更大，可用于生火做饭，也可用于取暖。父亲说，他小时候还待过稻秆扎成的"暖炉"呢。稻秆扎得密，两根竹竿从中部以下直穿过去，下面放暖炉。孩子站在竹竿上，暖烘烘的。

一趟忙活下来，满场的稻秆，一次两次烧饭是用不完的。父亲坐在稻谷中央，抓一把稻秆，扎成一束一束，码成一个结实小屋子，圆形的顶，有模有样。

这些新谷，放在稻秆扎成的天然米桶里，家里人口多，一般不会有

三山半落

剩。偶尔有陈年的稻谷，碰上阴雨天多，米结成一块一块，米虫在里头冒出个头，钻来钻去。

即便是这样，缺粮食、缺钱的年代，这都不算个事儿。把一大块掰成小块，放在盆子里，从水缸里舀几勺冷水，手搓、抓、掰、摔，直到完全化开，再把米虫一条条抓走。煮熟了，还是一样的米饭香。

收稻，也是大工程。大人们将割下来的稻穗晒在空场上，家里的老人们坐在牙子上，望天。远处一朵云飘来，看着苗头不对，就朝地里喊："要下雨了，回来收稻谷。"偌大的地里，一个个黑点从不同方向聚拢过来，一家老小齐上阵来把稻穗扎成小捆，在田埂上堆成三角形的样子。

稻穗留下的谷子，也舍不得丢。谷耙与地面的碰撞声，听得人后背发烫，谷屑随着耙，飞起又落下。远处的雷声渐紧，谷耙声渐急，箩、筐、簸箕，编织袋，全部上场来。没一会儿工夫，场上的稻穗、谷子都成了一小堆、一小堆。

大人们忙着堆稻穗，再有条不紊地把稻穗装进肥料袋里，压根顾不上谷子上的毛刺。他总是调皮，还在一旁光着脚划拉谷子，被父亲抓着打一下。

也有来不及收的时候，尤其是夏天，雨来得爽，谷堆就用胶纸盖住，边上用红砖压实。年少的他总好奇水会不会漏进来，可老一辈睡得踏实，第二天一瞧，果然老祖宗的老办法信得过。

后来到了镇上上学，稻谷也见得少了。直到这两年，有一年一度的稻香节。亲子游戏，割稻子，穿越稻堆完成任务。老人们左手拿稻穗，右手握紧镰刀，给孩子们示范，割稻穗的时候，镰刀口要向下斜，大人们握着孩子们的手一起学着。

市集上，除了很多老物件外，如磨豆浆的石头、凤凰牌自行车、犁地的工具，还有镇上好吃的老牌土特产，现做现卖。有称心的，扫上二维码就可以吃得心满意足，集个赞，还能拿回去给家人们尝尝鲜。当然缺不了淀小爱，镇上的小米品牌。

马路中间晒粮的蓝色警示牌，为敞亮晒粮的好光景开路。

有时遇到学校放学，原本拥挤的马路，倒没有一丝凌乱的感觉。

一辆三轮车，大爷载着孩子。头发挺白了，骑不快。后头一排车就这么慢慢跟着走，没人按喇叭，也没有第二条路，也不压到稻子上"超车"。

队伍徐徐走着，一排车不时默契地踩刹车停下来，家长们理解，孩子们也新奇。一个个摇下车窗看外头，看着稻谷中间停着的机器，追问着十万个为什么，大人们趁这个机会，说着粒粒盘中餐的道理。

大爷估计不大好意思，身体往前倾，卖力骑着，车上的孩子从自制的遮阳塑料棚里钻出小脑袋，向着后头的车子笑着挥挥手。

太阳慢慢落下去，天边的浆红色，晕染开。大爷骑着三轮车，孩子坐在车里，听着那些曾经割稻、晒稻的光辉岁月，微斜的阳光洒下来，很是温柔。

套　袖

　　镇上有一家服装厂，就在镇中心。名头不如二十多年前响，但这厂子还在，墙面上的字带着锈黄的金。据说老板是台湾来的，做的是出口西装生意。

　　母亲从二十岁出头起，就与小姐妹们在服装厂里干活，算算有二十来年了。从一车间，到二车间，从西装垫肩，到袖子裤脚管，从按件算钱，到按天数算工资。单子多的时候，也会开夜工。一排排四四方方的窗口，条形的日光灯依次亮着。

　　最兴盛的时候，前前后后有四幢大楼，与母亲那般年纪的，一大半都在那个厂里上班。每到下班时间，男男女女们骑着自行车，清一色的蓝色制服，从门口拥出来。再加上一开始厂子效益好，开的工资还不错，所以做媒的大姑大婶，介绍对象都争着要厂里的姑娘、小伙。平日里，专心手里的活，忙起来时连水都来不及喝。最爱的还是周末。周五就和前座、后座的小姐妹约好，乘公交车去镇上逛街，扎起双马尾，换上自己的碎花裙子。

　　更多的，还是久坐。每人顶着一盏日光灯，一台缝纫机。每一个环节，针线、缝纫，都马虎不得，母亲说，一个疏忽就是一件残次品，要扣钱的。长时间的弯腰凝神，腰椎间盘突出之类的职业病很常见。一搬重物，或是弯腰种菜时间久了，母亲的腰就酸得很，直不起来。但也练就了母亲手巧的本事。家里头的桌布、鞋套、围裙，都是母亲在家踩着缝纫机做的。

厂子大了，事儿就杂了。有人偷着拿厂里的布，拿回家做别的。胆子大的，成捆成捆地搬，卖给小店，或者散给亲戚朋友。也会撺掇母亲拿，母亲说亏心的事我干不出来，即使是些零碎小布，也不拿。有需要时，就去菜场对面的小商品市场，扯几尺，图个踏实。

小商品市场里，能想到的家用品，都能找见。毛搭头，银丝线，各种大小的钢化盆……不宽的弄堂里，有自顾自拿着水枪玩的孩子们，靠着躺椅的几个店家聚一起聊天，一有在摊前挑着鞋垫的老人，就立马起身招呼。

扯布的门面，要走到最里面，人也最少，也就年前那会儿，做新衣的人多些。很多种颜色，挑花了眼，厚的，薄的，丝绒的，棉质的，母亲挑几种样式，比着大小。店家拿着木头尺，粉笔，总是画得很准，裁上几尺布。母亲有这手艺，自然是拿回家自己做衣服，省下点人工钱。

当然，扯好布直接在店里做衣服的客人还是多数。裁剪剩下来的边角料，店家一般都会收在角落的篮子里，篮子满了就塞到马甲袋里。有时母亲还会带着她去，自己挑喜欢的画案。去得多了，店家知道母亲不一般的手艺，也熟络了。店家会留个心，母亲来的时候就任由她挑。母亲手巧，小件凑凑也能成，比如家用的套袖。

套袖，有的朋友说他们家乡叫袖套，也没什么丰富多样的款式，无非是两条红绳子，分别系住两头，一头紧点，一头松点，这样也好分辨哪个在前哪个在后。用途也没大的差别，戴着以防衣服的袖管脏得快，尤其是冬天的衣服，又是大衣又是羽绒服的，大件洗起来不方便，洗得多了也不暖和。

小时候玩得野，和几个玩伴，捉迷藏、爬树、采叶子、挖泥巴，男孩子似的，一刻不停。袖子一圈黑乎乎，人也晒得黑乎乎。刚换上干净衣裳，一个不留心又脏了。母亲用搓衣板搓啊搓，院子里一大半晾的衣服都是她的，散发着肥皂水的气味。

母亲望着一堆碎布头，动起脑筋，理出几根橡皮筋，不一会儿一副套袖就做出来了，戴上大小正好。一开始母亲做的套袖是偏透明的白色，能看到里面外套的颜色，不经用，容易抽丝。后来就换成了厚点的材质，棉布白，不透光。

上学有练字课，练铅笔字，没有卷笔刀，就在家自己削。晚上吃完饭，收拾好桌子，母亲会戴那种墨绿色、硬硬的材质的套袖，和菜场大叔的类似。客厅桌上，母亲左手一支 2B 铅笔，右手一把小刀，笔尖抵着写过的纸，噌噌噌往下削，手里的铅笔也顺着转，直到头八成锋利，再在纸上画一笔，正好。母亲把削好的笔，放进她的笔袋里，叮嘱着写字的时候，当心袖子不要蹭到。

可她再怎么当心，右手边和手掌心里头总是有铅笔的灰色。放学一看，套袖上花花的笔点，一点一点，混着肥皂味，只好塞到书包里，拿回家给母亲洗。当然，没有练字课的时候，套袖脏得没那么快。一放学，她习惯把套袖细细折好，拍一拍，放回桌洞里，第二天上课再戴上。

同桌男生什么都好奇，总是爱惹她急。

一次下课，他一把拿走她的套袖玩，随手一甩，甩到教室后面的水桶里，提出来满是脏水，湿嗒嗒、黑乎乎的。她坐在位子上，看着不像样子的套袖，憋红着脸，悄悄抹眼泪。他没见过她掉眼泪，一下子慌了神，对着她又是做鬼脸，又是说对不起，可她低着头，就是不说话。

他挠了挠后脑勺，抓起套袖，冲去洗手池，对着水龙头冲啊冲，拧干。走到半路，闻一闻，再闻一闻，皱了下眉头，转身又跑去厕所。

上课铃声响了，他才回到教室，被老师罚站了五分钟，才回到座位。他趁老师回头写板书的时候，把折好的套袖塞到她手里，一摸，还是湿漉漉的。

她展开一看，套袖皱皱巴巴的，隐约看得出黑色的点，散发着肥皂味。她望向旁边。他抹了一把汗，比画着食指，在嘴边，嘘，仿佛有个独属于两个人的小秘密。

她低下头，笑了。

再后来，就不戴套袖了。

去了外地读书，也搬了几次家，洗干净的套袖也找不到了。

爷爷的提桶

爷爷家有一片水稻田。田里有拇指大小的青蛙在跳来跳去，泛起点点小泥花。田埂上，穿着布衣、雨靴的乡亲穿行在田中，惊起一群水鸟。

一到暑假，小竹竿就央着父亲把他送去乡下。儿时的玩伴，挥着手打招呼，玩一二三木头人。村口有叫卖西瓜的，大叔手一拍，红瓤显了出来，伴着清脆的开口声。还有这满地的泥巴、满天的清风，小竹竿乐得玩上一天，也不会嫌没趣儿。

一个寻常的清晨，院子里的公鸡老时间打起鸣来，小竹竿揉揉眼，拉开靠南的帘子。只见奶奶端着碗，右手上一下、下一下，鸡们呼啦啦围拢过去。奶奶一边和坐在客堂门口的爷爷喊着话，一边往客堂那边踱过去，手上的动作却不停，上一下、下一下，鸡们依旧是呼啦啦跟着洒下的米粒转。

昨夜电闪雷鸣，今儿早上的热气没能把地上的水蒸发个干净，估摸着雨下得挺大。小竹竿赶忙穿上裤衩，跳下床，推开门，雨后的空气，果然是分外爽气。

爷爷正坐着穿雨靴，说是奶奶担心大雨淹了田里的水稻，让爷爷去瞅一眼，多的话去放个水。爷爷给小竹竿使了个眼色，小竹竿赶忙跑去灶头间，打开灶头上的锅盖，揣上一根玉米忙不停啃着，再换上绿色小雨靴。对着奶奶许下不调皮捣蛋的诺言，就跟在爷爷屁股后面一蹦一跳出发了。

从爷爷家走到水稻田，得十来分钟的样子。早上三轮车、自行车，还有走路的人比较多，遇上认识的乡邻自然不稀奇。爷爷扛着半月形的锄头，哼着革命红歌走在前头，小竹竿拎着空的提桶，摇来晃去，蹦在后头。

　　这提桶，是爷爷特地给小竹竿做的。大的铁提桶，小孩子提不起来，塑料桶又不禁摔，爷爷就照以前见过的那种英式小花盆，用铁皮做了一个小小的、结实的专属提桶。每次小竹竿放暑假来玩，这都是出门的标配。

　　很快到了水稻田边，地里的声声蛙鸣像是在欢迎稀客的到来。小竹竿跟着爷爷前后兜了一圈，只见爷爷俯下身比了比，站起来，往右手啐了一口唾沫，搓搓手掌，挥起锄头，往下打开了稻田的一个缺口。昨晚的积水哗哗地往外流，爷爷专注地看着稻田的水位，小竹竿双手撑着脸，蹲在田边，探出身去，小眼睛这里看看，那里瞅瞅。

　　这时，一只小青蛙从他眼前游过，噗的一声跳出了水面，看着近在咫尺的小家伙，小竹竿跳了起来。他屏住呼吸，慢慢向青蛙靠拢，时刻关注着蛙声的高低起伏。接着，一个蛙跳，小手掌隆起，猛地盖上去，慢慢收紧拳头，能感觉到青蛙在掌心用力挣扎。

　　小竹竿向爷爷挥挥手，正想着炫耀，突然掌心一阵清凉，他一受惊，松开了手，青蛙掉到了泥里，三下两下就蹦回了水中。他哪能甘心，小手往稻田里浸一浸，顺着青蛙的方向就奔了过去。但是稻子长得茂密，遮挡了视线，小青蛙逃得无影无踪，只发现了一大片黑乎乎的东西。

　　正好爷爷放完了水，他问爷爷，原来是青蛙的小宝宝。爷爷教他用小桶捞出来，也有点分量呢。一老一小，一个扛着半月形的锄头，一个提着收获的小提桶，顶着毒辣辣的阳光，回家吃中饭去。

　　到家，爷爷使个眼色，和小竹竿一起躲开奶奶，找到了一个不大用的水缸倒了进去。小孩子的记性和老小孩一样，忘得快，后来不知道过了多久，还是被奶奶发现了，水缸里竟已经有了几条长了两条腿的蝌蚪，果然免不了一顿爱的唠叨。

下午，阳光变得越发毒辣了起来，爷爷要去地里除草。有了上午的收获，小竹竿闹着还要一同去。奶奶叹一口气，说老的小的都不听，只得去屋里拿了两顶大草帽，爷爷一顶，小竹竿一顶。递上镰刀，往空的雪碧瓶里倒上白开水，两个人对着奶奶做个鬼脸，沿着老路出发。

到了菜地，爷爷卷起裤脚管，撸起袖子开始割草。菜地边上有一块荒地，里面长满了叫不上名字的杂草，都到小竹竿腰的位置了。他捡了一根比较粗的树枝，把自己想象成古代的大英雄，卖力地挥舞树枝，假想敌没出来，唰唰唰掀飞一片野草。

草丛里倒是闹出来了一只只绿色的蚂蚱，扇动着红色的小翅膀，想要逃离这是非之地，地上的蜘蛛们也胡乱逃窜。往里走了几步，竟还惊出了一只大青蛙，比手掌还大。

一想到上午那只得而复失的青蛙，他直直追了上去。只听到扑通一声，扫开眼前的野草，田边竟是一条水沟。他不甘心地拿着树枝拨开水草，这时一个黑影从水草中一闪而过，他追着黑影一路拨开水草，那细长的身影，在水中泛起丝丝冷光，定睛一看，竟是一条水蛇。

四目相对的刹那，明明是炎炎夏日，却还是感到背后一阵发凉。犟劲上来了。他抄起树枝，就往水蛇捅去，岂料这厮滑溜，几次出手都无功而返，反倒带起了水底的泥沙，泛起一片混浊。

隐约间，看到水蛇的痕迹，小竹竿用树枝往水下一戳，往上一挑，把它挑出水面，起身，落下，好几个来回后，它似乎被折腾得有些力怠。盯住机会，他猛地一使劲，抡起树枝就把它挑到了岸上，用桶的底直接按下去，全身的力气都压在了桶上。

这时，紧张、兴奋的情绪慢慢退去，恐惧浮上心头，他哇的一声哭了出来，嘴里不停地喊着爷爷。爷爷听到动静，三步并两步跑来，看见桶下被压着的水蛇，拍了拍他的脑袋，念叨着："侬咋小居头（小鬼，泛指小孩），胆子大，和我一样！"

晚上，爷爷喤着米酒，就着花生米，兴奋地和奶奶说着小竹竿的勇

敢事迹。听到水蛇，奶奶眼珠子差点掉出来，一把抱住小竹竿，说什么下次不能跟爷爷出去了。爷爷把酒碗砰地一放说："男孩子嘛，总归是要闯一闯的。"奶奶憋着气，不说话，端着饭进屋去了。

第二天清早，小竹竿提着桶，蹑手蹑脚又跟着爷爷出门去了。路过一片荒地，一小片野花野草长得好，爷爷使了个眼色给他，一老一小就吭哧吭哧采野花去了，采了满满一桶。

中午回到家，奶奶还生着闷气呢，小竹竿把桶用力往上一端，奶奶看着大汗淋漓的爷孙两个，扑哧一笑，回灶头间去了。

客堂里，饭菜香、花香溢了出来，好闻。

自行车

那个年代，自行车称得上大件。

几乎家家办喜事的时候都会抬着一辆，篮子上贴个喜字，红绳子扎个蝴蝶结，乐颠颠跟在他的新娘后头。凤凰牌算得上顶好了。

他骑着凤凰，坐着她缝的布坐垫，去镇上学校上班。快到十字路口，按响铃，丁零零，丁零零。一听到铃声，她在灶头间，就开始盛米饭。摆在桌子上，一荤一素一汤，等着归人。

闲时，喜欢载着她去田地里。骑过山坡，呼地奔下来，她抱紧他的腰，吓出一身汗，握个空心拳打他的后背。停下来，采一朵野花，别在她的耳朵上，淡淡的香。

课业重了，晚上他要备课，带课本、辅导书回来。她去镇上买了个铁篮子，安在后座旁边，需要放东西的时候放开，不用的时候收起来，用锁搭扣扣住。学校周二放学早，他会从镇上的菜场捎东西回来，放东西也方便。

后来有了小豆子，自行车前面多安个小篮子。小豆子小的时候可以坐着，小屁股刚好塞得进去。大了点，在后座上安了个竹质的座椅，还有小扶手，脚要很当心地叉开，才不会被夹到。再往后，就坐前面的横梁子上，两条小腿不安分地翘啊翘。

有时调皮，小豆子穿着新做的小皮鞋，坐在邻居哥哥的后座上，脚上下扑腾，一个不留神被夹在转轴里，哇地哭出来，鞋子被夹出几条褶

第一辑 炊烟

来。怎么哄都哭不停，爷爷也拿她没辙了。

正巧他下班回来，爷爷牵着哭唧唧的她，去路口守着等。同事办喜事有糖、果冻，放在红色塑料袋里，挂在自行车把手上，一晃一晃的。一把抱起小豆子，放在横梁子上，迎着风，她抹一把眼泪鼻涕，唱着幼儿园新学的儿歌，忘了疼。

小豆子再大些，家里备的东西也多了。乡下没有大商场，一家三口骑着凤凰，另外再借一辆，去青浦农工商囤货。小豆子一会儿坐在这辆上，一会儿跳到另外一辆上，一会儿坐前面丁零零按车铃，一会儿坐后面，窜来窜去的。折腾久了，脚麻了，直叫唤，只得停下车来揉，这才老实。

下雨天，他骑着凤凰去接小豆子放学。雨披里的凤凰，是绿色的。绿色的大雨衣，足以装下两个人，小豆子坐在前面的梁子上，闭上眼睛。雨披不透气，小豆子睁开眼，低下头只能看到几寸泥土，是绿色的，抬头是父亲的下巴，滴着汗。

后来日子好了，凤凰老了，旧了。家里开上了小汽车，老凤凰被搁置在车库里，铺了一层油纸，落满灰。

直到他教小豆子骑自行车的时候，才翻了出来。老凤凰的架子比较大，小豆子脚沾不到地。他说好不放手，可偏偏就放了。小豆子回头一看，扶着的手不见了，慌了，就摔了。他挥挥手说，不要看身后，要向前看，盯着一个点，一个方向往前走，就不会摔了。

小豆子能自己骑车上学了，他给小豆子买了一辆粉色自行车，新的。每到放学，小豆子和同学们一块骑着车，同一个方向的车，超过一辆又一辆，像个男孩子一样，在下坡的时候张开双手骑，拥抱迎面的风，继而发出丁零零的清脆声。

后来，自行车一直不用，放在车库里，生锈了，上面的油漆也慢慢掉落。坐垫上的布，也渐渐失了颜色。

前几日，他想着把老凤凰拾掇拾掇，以后骑着去菜场买菜。

一按铃铛，丁零零，还响着呢。

高　考

　　小区入口有块不大的电子屏，一般多是谁家办喜事的字样。这几日，来回打着"尽量不装修、不鸣笛"的标语，靠近路口的树枝上也挂着几条"加油"的大红色横幅。

　　饭后，跳广场舞的阿姨们、唠嗑下棋的大爷们都极其配合地转移"战地"，热闹的空地上，只剩几只流浪猫，偶尔大胆地从灌木丛探出头来。

　　嘿，又是一年高考时。

　　未到盛夏，走两步却闷得慌。家长会刚结束，父亲就摊开一桌子书，推一推镜架，一页一页开始研究志愿，空白本子画得满满当当。母亲收拾好碗筷，瞪大眼睛看字幕，静音的电视机画面上，男女主角上演着爱恨情仇。他啃一口西瓜，对着墙壁上刻的大学名字和每科的目标分数，为自己暗自鼓劲。

　　校园气氛一如既往紧张严肃。一楼竖起的倒计时牌，教室后面黑板也写着倒计时。下课铃声响起，高三教学楼偶尔出来几人去厕所，再几人围着老师问问题。更多的，是头埋在书堆间复习刷题、打怪升级。

　　那时青葱，如今想起，黎明前的黑暗，总有些时光是可以用来怀念的。头顶吊扇吱吱呀呀，桌肚里的试卷一角飞啊飞。与舍友们团购手电筒，一床一支，努力睁开眼睛，嘴里背着要默写的历史，侧耳听着宿管阿姨的脚步声。第二天清晨校园跑操，边跑边捧着笔记看，喘着气互相提问，一个不留神踩好几脚前面跑操的同学。模考结束，上完晚自习，大家抱着腿坐在草坪上，书包放在一边，一起啃棒冰，手打节拍，唱《阳光总在风雨后》，被咬了两腿蚊子包也不自知。

路上陪着走过的人。父亲习惯把水果切成小块、插上牙签，悄悄递到书桌旁。奶奶生病住院，千叮咛万嘱咐别告诉他，生怕他分一点心。考前，平日里板着脸的班主任搜罗了一堆冷笑话，逗同学们笑。还有中午小憩时，走读同学带来的爱心小番茄。每天自习到深夜，绕路远远目送着她回家的少年。

这一切，都随着写下试卷上最后一个字母，响完最后一声铃声而留在了风中。树上知了稀稀拉拉叫着，十二年没有硝烟的战争画上了休止符。吊在胸口的一块大石头瞬间放下了，心里空空的，空得能装下满窗柔软的阳光。

高考最后一门学科结束的一天，也是普通的一天。没有撕书，原本约好去哪里玩的约定，也没人再说起，只想着回家安稳睡个大觉。班主任站在讲台上，虽不是第一次带高三，但也能见他眼中复杂的情绪。

等待的家长，围在大门口，焦急的眼神无处安放。手里攥着手机一会儿看时间，一会儿看看教学楼有没有动静。来回走动，不敢大声说话。等累了，就坐在马路牙子上，脚边的矿泉水喝了大半。终于等到学生们拥出来，父母们踮着脚尖，在人群中雷达般地搜寻，取过书包，拍拍肩膀，不问好与不好，只五个字——走，回家吃饭。

后来，很多同学散去天南海北，再也没有遇见。刚去大学的两年，一到高考的几天，还会兴致勃勃地讨论当年的作文题。现在，已很少谈起。

班主任常说，高考是最大的坎，过了其他都不是事儿。想回到过去，见一见十七八岁时那个傻傻呆呆、一心只学习的少年。告诉他，高考啊，是人生中最纯粹的一段日子，简单、重复，无非是无数张考卷，厚厚几摞笔记本，一张张起伏的成绩单。

珍惜吧，熟悉的笑脸、沮丧的神情、离别的不舍，还有那个茫然若失的自己和可望不可知的未来。

孩　提

　　好友霞有了宝宝，她望着襁褓中皮肤微皱的孩子，像是凝视一块无瑕的珍宝。多么神奇！从此，她给了孩子一个世界，而她的世界也从此因孩子与众不同。整个人，都自带了温柔的薄雾。

　　小孩子，果真是治愈系。

　　亲戚家的小孩凯文，刚踉踉跄跄学会走路，家里人把一根带子系在背着的小书包上，凯文走一路，跳一路，跑一路。看到相熟的小姐姐，老远就哇啦啦扑过来。见小姐姐房间里的大熊玩偶，一直让手机连放《世上只有妈妈好》，小脸埋在大熊的屁股上，边听边哼。妈妈来领回家，凯文就窝在怀里，唱着有妈的孩子像块宝，奶声奶气的。

　　和楼下阿妮头约着去湖边、去田里拍照。女孩子到了七八岁就懂得美了，特意换上小裙子。油菜花一大片、一大片，满眼的金黄，她奔进花的海洋里，摆这个姿势、那个姿势。走着走着，看到一个蛮高的小土堆，拗不过她，就一同上去了。下来时，阿妮头冲太快，一个趔趄，差点摔一跤，她拍拍土，依旧是一脸特别满足的笑脸。

　　楼下有外地来这里打工的，拖家带口的是常事。一对夫妻带两个小孩，一个穿着开裆裤，一个四五岁的样子，一间不到 10 平方米的出租屋，还领养了一只小野狗。

　　两个小孩，穿着旧衣，有点脏，平日里也没有玩具，只能在花花草草间自寻乐子。有次下班回家，见一个小脑袋探出来，倚着白墙张望，我挑挑眉毛逗他，他悄悄掩着嘴巴，沿着墙走出来，一边往外头走，唤着他妈妈，一边还不时回头笑着瞧我。

嘿，童年。

幼儿园毕业照保存得还算完好。小朋友们排成三排，一排端坐在小板凳上，两只手放得好好的，一排站在地面上，两只手听老师的话，紧紧贴在裤子两侧，上面一排站在铁架子上。

一眼瞄过去，都是肉肉的、萌萌的。女孩子们长头发的，戴两个红色头花，再配上卡通发卡。男孩子们小衬衫穿得也是挺挺的，小大人一样。花花绿绿的照片，一张张稚嫩的脸庞，有的盯着镜头，眼睛一眨都不眨，有的只顾和旁边的小朋友玩闹，一边还憋着笑。

童真的味道扑面而来。还记得凑在一起玩"东南西北风"的模样。一张白纸，八个格子，东南西北，问稀奇古怪的小问题。还有就是，手拉手去附近的公园春游，坐在草地上围一圈听老师讲故事，午睡睡醒后，排着队打的肉松和红豆粥点心。

也有独属于童年的小情绪。有暗暗较劲，想要去早操升旗却落选嘟起小嘴的；后座的男生时不时拉小辫子，趴在桌上大声哭鼻子；羡慕捡到钢镚儿被表扬的小朋友，放学路上一个个低着头往草丛里找；上了大班，重新分座位，和要好的朋友没能挨着坐的伤心……

记得以前的六一节，是最期待的节日了。联欢会，在舞台上跳采茶舞，不论男女，额头上点一颗大红点。在书包里塞上小零食，带去与同学们一起分享。

不过，孩子终究会成为大人。

明天六一儿童节。有的在朋友圈里发"儿童过节证"；有的发个图片，"这个人想要六一礼物"，箭头指向自己；有的晒儿时戴着大粉头花，张嘴露出门牙缝大笑的照片……

平日里很少讲童年，各自忙着工作、生活、学习，也就是在这么一个特殊的日子里，或是遇到儿时玩伴才会怀念一番。听阁老在群里发的语音，他谈到敏锐度。他是报社的编辑，孩子也挺大了，可贵的是依旧保持拍照、记录，写很大篇幅的文字发朋友圈，大多是记录生活或者当下的感悟。

他对待生活、工作的态度，是带有些许孩童般偏执的，更有自己的态度，有时调侃，有时讽刺。我在群里基本潜水，有时看他们的对话，尤其是阁老的分析和见解，很有收获。

他说，回去是回不去的，我们能做的是努力感知外物与生活，不被重复的日常所麻木，像孩子是有辽阔的想象力的，总会眨巴着眼睛，不知疲倦地充满好奇，因一朵雪花而惊奇，或被一缕阳光所感动。

下班回家，楼下的阿妮头又在准备这次的六一节目了。她穿着粉色的裙子，伴着欢快的节奏在楼下翩翩起舞，其他几幢楼的爷爷奶奶们端着饭碗，围着她看，权当彩排的观众。有时害羞地忘记动作，也继续跳着，像一只翩跹的彩蝶。

愿有天真，也有无畏。

电风扇

从乡下搬到镇上的教师楼，算起来有十多个年头了。

楼老了。原先打眼的平展白墙，伴着窗外可拉伸的深绿色雨篷一起，渐渐剥落。四周新的住宅楼一座座立起来，街道两旁的店铺也密了起来。湖里的渔船不见了，老人们买鱼不便了许多。

她家在顶楼，穿堂风起得厉害。起风时木门开着、单安上纱门，对门也开着。小时候的她爱掏出马甲袋，风哧溜钻进去，砰一下用手掌炸开，母亲说她像个男孩子。

楼高还有个好处，蚊虫少许多，偶有蝙蝠。蝙蝠可不比蚊子，抓不住，开窗也赶不走。黑乎乎的，在客厅里没预兆地高低穿梭，令人不自觉地头往下缩。

她一瞧头顶上的吊扇，想出个主意。开关安在墙上，把吊扇调到五档，铁皮扇叶呼呼呼转到飞起。一家人用拖把、扫帚、晾衣架，把蝙蝠往里面赶。没一会儿，蝙蝠转晕了，自己啪嗒掉下来。

入秋了，吊扇也用不到了，母亲正打算洗一洗收起来。处理了蝙蝠，父亲站到桌子上，顺带把吊扇三片叶子拆下来。估摸着是年年清洗的缘故，并不是很脏，只有些泛起的落灰和点点的蚊虫。母亲倒上洗洁精，用抹布把叶子洗干净，阳台上吹吹干就收了起来。

最难擦的，当属吊扇中间的部分。要仰着脖子擦，费劲，时不时低下头缓一缓。擦好，再用塑料袋兜起来，这样能防止落灰。等第二年天热，只要轻轻擦一擦就能用了。

在吊扇下，她与父亲各自看书、练字，耳边伴着有节奏的风转声。一旁，母亲开着电视机，调到静音，看着大部头电视剧里的字幕，剥着南瓜子，不时轻轻笑出声。

记得中学教室里，有四顶大吊扇，东南西北各一个，风能送到每个角落。她的座位在其中一个吊扇下。体育课上罢，大汗淋漓的男生总会开到最大一档，声音吱呀吱呀的。正中心的风确实大些，但她隐隐怕掉下来，隔一会儿就会抬头看看。

她回家与母亲抱怨，母亲跟她说，有书念，已是幸事。能有一间有风扇的教室，是母亲一代人想也不敢想的。说教室，其实是泥瓦搭起来的棚，漏雨，板凳也是自家带来的。母亲坐在瘸脚的小板凳上，端端正正，看着黑板学拼音、数字。而几毛钱的学费，妹妹、弟弟的口粮，终还是把家里掏空了，懂事的母亲，把翻旧的书本放在牛背上、藏在了柴火垛里。

后来，几个孩子都长大、赚钱了，家里有了一台老式摇头电扇，那可是稀奇物件，大队里没几家有。是那种有底座的小电风扇，梯形底座，上面是圆形的头，铁的框架，风力大，有三个档位，还能摇头、定时。

儿时，这风扇也承载了不少乐趣。母亲叫她吃饭，无意间对着它答了一声，发现透出来的声音变了。暑假里，看电视剧《牵手人生》，对着它深情唱主题曲，陶醉在自己美妙的歌声中，无法自拔。喉咙哑了，就纯粹对着风扇发出啊的声音，也有趣极了。

风扇，母亲每年照例拆开来洗。杂物间堆着镰刀、瓶瓶罐罐，把风扇从其中抱出来。拿开母亲自己做的粉红色罩子，再拆掉扇叶外面的铁罩子，用抹布、筷子，把风扇的里里外外都擦锃亮。

她淘气，趁大人不注意，掏出颜料图，美其名曰上色。彩虹色还没出个正经模样，五颜六色的手就被母亲拉开半米远了。洗了许久，还是留下些颜料的痕迹，转起来，果真有色彩。

那时每天最幸福的时候就是洗完澡，一家人挤在电风扇前，唠嗑聊天。

父亲胖，怕热，风速一般开到三档。母亲就拍父亲，待风扇转了一阵，用手探探风扇的后脑勺，如果很烫，就习惯性地关上一会儿等凉了再重新开。天气转凉了，母亲又拿自己做的布罩把风扇罩起来重新抱到杂物房。

家电下乡，家里客厅和卧室都安上了空调，但铁皮电风扇却没有因此而"退休"，因为她长期在外读书，只有周末回家，所以小房间没有装空调，铁皮电风扇陪她度过一个个夏日夜晚。

听蛙鸣，哼那时的歌谣……

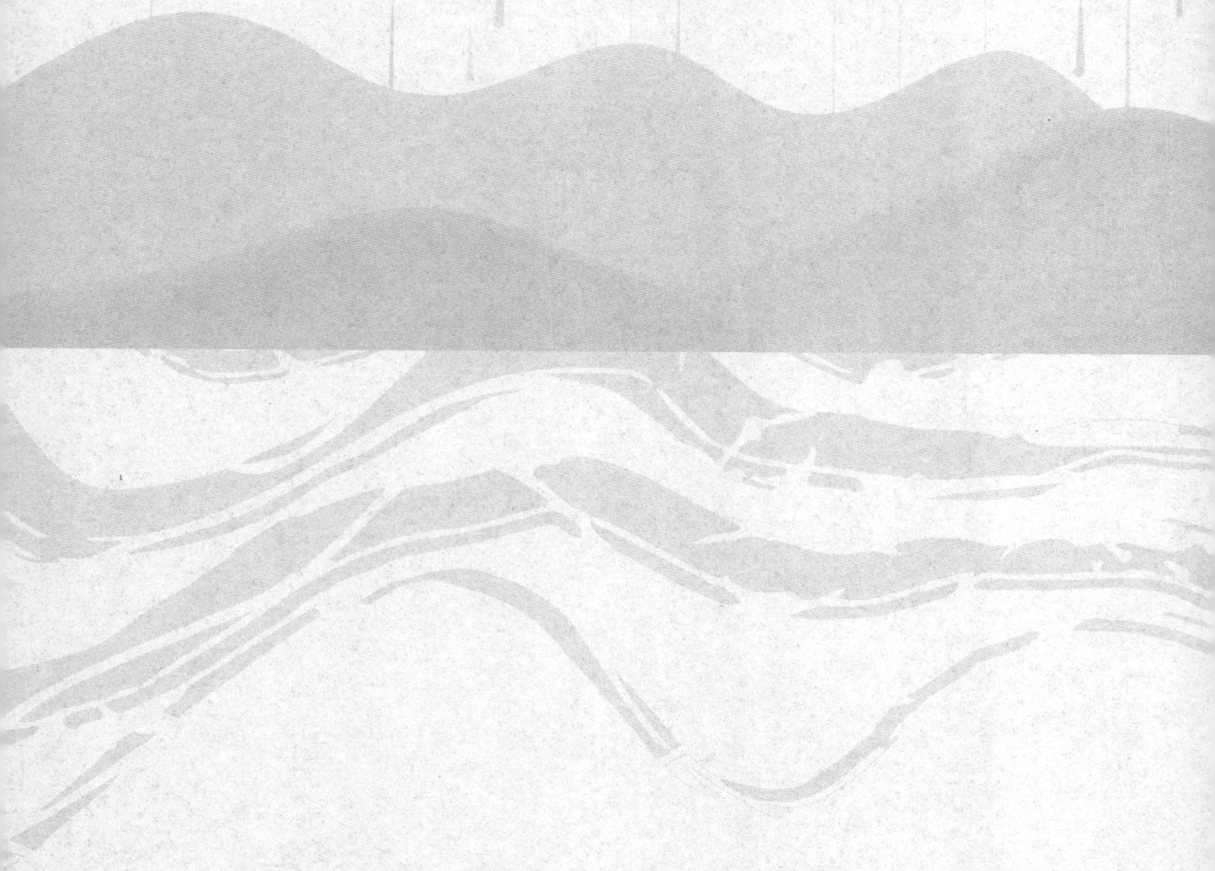

第二辑　花期

电影院

镇上的娱乐中心，在镇中心最热闹的街上。

东面是一排店铺，有开了多年的爱心超市，还有几家卖烧烤、卖早饭生煎、烧卖的门面。白天生意不多，也就早上一阵，排队的人会多些。附近的理发店门口，黑白相间的招牌灯悠悠转着，门口站着几个学徒，叼着烟，瞅着排队的队伍。

路边，卖菜的奶奶们，铺一张蛇皮袋，揣着一杆秤，吆喝着新鲜的韭菜、白菜，一边咬一口家里做的大饼、包子，一边与路过认识的老李头、徐阿三打招呼。

一到晚上就热闹了，烧烤摊的伙计们摆出来好几套白色塑料桌椅，满满当当的人，烤肉味、吆喝声，孜然与辣椒相碰撞的浓重味道，啤酒杯之间的叮当声……

娱乐中心里面，有个老式的影剧院，就一个厅，每个凳子用红绒布包着，能容下几百人。那时能容得下几百人的厅，很少见。所以，镇上的学校会演啊、开大会啊，都在这个剧院里举办。

小学六年级以前，学校还会隔三岔五组织大家去剧院看电影，一去就是一个年级，一长溜的队伍集体出动，从路南边排到北边，浩浩荡荡的。多数是看动画片、亲情片，还有真人表演，宣传好好学习的。可即便如此，它依旧是操场之外，我们最向往的地方了。

说隔三岔五，因为就连班上最聪明的小孩，也找不到放电影的规律。有时是下雨天，有时是周五，总之有了盼头，但盼头、盼头，总得有奔头。巧的是，班里有个同学，微胖，笑起来有酒窝，我们都叫他胡萝卜，他爷爷是剧院里负责放电影的。

那时我们总天真地觉得，体育课会变成数学课、语文课，但是看电影，一定会一个不落去的，而胡萝卜爷爷可以决定什么时候看，一个学期看几次，看什么。

所以，下课铃声响起，孩子们就围着胡萝卜，问什么时候放电影，用现在的话讲，还众筹去小卖部买小当家、香菇肥牛"收买"他。期末考试结束，更是巴不得跟着胡萝卜回家，一起求他爷爷多放几次电影。

读书那会儿，还是老小学，没搬过来。到剧院，步行的话，得走个二十来分钟。为了防止学生们掉队，老师们让我们排两队，手牵手去电影院。小孩子也不知道哪里学来的，嘴里念叨着男女授受不亲，两个人勾着小拇指，有的还从口袋里掏只手套出来，你拽大拇指，我拽小拇指，才相安无事。老师们笑笑，三三两两走在一边。

且看，好几百人，就这么在人行道上铺开来。从校门口出发，跨过小桥，迈过斑马线，跨过稀稀拉拉的行人。妙的是，熟悉的道路，一齐走着，有种不自觉抬头向前冲的兴奋感，仿佛整个镇，整条路，都在自己脚下。

记得有一次看电影，看的是《妈妈再爱我一次》。出发前，班主任给每人发了一张红纸头，上面写着注意事项，其中一条是一定要带纸巾。男孩子们都摇摇纸头，说不用带，男儿有泪不轻弹。把纸头握成一个纸团，比赛丢进垃圾桶，看谁丢得准。

可到了电影院，哭得那叫一个厉害，还嘴硬，给纸巾也不要。回到学校，校服袖子上，全是鼻涕、眼泪。

嘿，少年。

还有露天电影。听胡萝卜爷爷说，他放了一辈子的电影。在乡下，村里只要放电影，一块幕布，一台音响，就像是过年一样热闹，邻村的人，也会赶来。大人们纷纷喂饱鸡啊、鸭的，圈到笼子里，回家洗个手，呼噜噜吃一碗米饭，出发去看电影。

先到的几个壮汉，找两棵合适的树，帮忙挂上幕布。幕布四角固定在树上，喇叭系在树高处，连到扩音器。扩音器上面就是放映机。

放电影之前，先要把放映机的灯光打起来，小孩们最喜欢在灯光前摆各式各样的造型，手摆出鸽子，蹲着假装小狗，挤在一块儿玩闹，各种搞怪。大人们一边嗑瓜子，一边聊着家长里短，等着播电影。

那时胶片不多，看来看去就是几部老片子。《刘三姐》《卖花姑娘》《独立大队》不知道看了多少遍，但每次他去，总是很受欢迎，房顶上、树上、围墙上、地上都坐满了人。

画音传来，放映机嗒嗒地响着，大人们叫各自孩子蹲下来，好生坐好。他在黑暗中站着，叼着烟，一起看完片子。

后来，电影院多了，剧院里放电影少了，露天电影少了，各地的送戏下乡多了。胡萝卜爷爷，也退休了。

再次见到胡萝卜爷爷，穿着志愿者的马甲，和几个年轻小伙子一起，在娱乐中心外面的广场上义务放电影。阿姨们放着《最炫民族风》，翩翩起舞，孩子们练轮滑，大人们一边盯着孩子，一边几个一堆，熟的、不熟的，在一起嗑三五。

那天，大家自觉地腾出一块空地来。爷爷奶奶们早早吃过晚饭，约上老友，叫上隔壁邻居，自己搬着凳子往广场上走。走的路上，迎面碰到相识的人，急急唠上几句话，就搂着胳膊，一起往广场走。

一到，就放下塑料凳，围聚在第一排。隔壁王奶奶悄声说明天放哪个电影，好看的，早点来。周围的老人们就点点头，做一个嘘的手势，互相使个眼神，说早点来放凳子。

老人们一个比一个来得早，一般坐下来，距离放电影还有个把小时，老人们说说以前的事情，一点不嫌等的时间久。看的人不多，放的也是老电影，却看得入迷。

他叼着烟，坐在后面，一起看完片子。

从小河边，摘来了粉红色的八仙花；

从山坡上，采来了美丽的金达莱。

卖花呦、卖花呦，

快快来买这束花；

让这鲜花和那春光洒满痛苦的胸怀。

端午临中夏

印象里，关于田，是很小的时候，拿着一根木杆子，一脚用力踏上去，就在泥里出来一个洞。一排一排兜过来，倒也挺有乐趣。不过终归是小孩子，立马又被其他的吸引了去。

乡下有一块村里分的地，四四方方，在湖边上。分的地不算大，统共就几个平方，每户人家都是一样大小。看着虽不大，能种的蔬菜品种却不少，苋菜、茄子、辣椒、黄瓜、丝瓜、玉米、番茄、枸杞、毛豆，竟还是有余。还有种向日葵的，个头和人一般高，半米宽，头重得昂不起来。奶奶大约把家常的蔬菜，挨着季节热热闹闹种了一圈。

旁边，是一大片大农户的田。现在的季节，田里长满了油菜花，金灿灿的，却不晃眼，像是邻家的大姐一般，亲切，温柔，风吹过，像是她在低声细语。田里，有牵着绳子在土路上放风筝的，两三只小野狗在田埂上，追着风筝跑。

单纯的背景，却是取景的好去处。有穿着汉服的女子，在花田里拍照。还有小孩子们撒着欢，在一旁看热闹，再采上一大束油菜花，嘟着嘴往小伙伴的头上插，都融在了竖着画板写生的大学生们的眼中。

到了夏天，很多种的蔬菜能采摘了。奶奶几乎是隔一天，悠闲地踩着三轮车去采蔬菜，一天的菜就有得吃了。遇到周末或得闲，就一同去乡下浇浇水，采丝瓜，不亦乐乎。

有的人家地不种，就这么荒着，奶奶当了一辈子农民，见不得地荒着，就揽过来也一起种了。乡里乡亲谁家缺个蔬菜，也好一起摘了吃，一句话的事儿。

岁月不饶人，曾经的村大队长候选人也上了岁数。奶奶常是忙活一下午，自己浇水、撒种子、搭架子、施肥，忙个不停，就是不愿小辈们帮忙。还不停念叨，嫌时间不经用。回到家，经常累得腰酸背痛，可过几天又乐此不疲去地里折腾，说不听。

也种艾草。又是一年端午。《红楼梦》第三十一回写道，这日正是端阳佳节，蒲艾簪门，虎符系臂。虎符这一风俗，家中不曾见过，不甚了解，问过长辈，也知晓得不多。蒲艾，倒是年年能见，老一辈们说可以用来辟邪消灾。消不消的，无从知晓，不过用来驱蚊虫的说法，倒是实在有用。

艾草，奶奶是从别家讨的籽，撒下去好养活，种别的菜时只需顺手浇一浇水、松一松土，到这个月份就长得可以了。远一些，也能闻到淡淡的青草香。

差不多到节前，奶奶就会骑上蓝色生锈的三轮车，围起白色带点点的头巾，到地里去割艾草。三轮车里面放着蛇皮袋、马甲袋、镰刀、锄头、水壶、小板凳，一应俱全。

湖边，无人无车，地里倒是已经有人在弄蔬菜了，估计也是闲不住的奶奶辈。奶奶轻车熟路地换上鞋子，拿着工具就下地了。那种与泥土的天然接触，大概是乐在其中吧。

只见她右手中的镰刀一起一落，抖落、抖落小虫，艾草一把接一把，随意又齐整地躺在红白格的蛇皮袋上。咕嘟咕嘟喝上一大罐凉白开，搬出小矮板凳，把蛇皮袋铺在水泥地上，将几枝菖蒲叶和艾草松松扎成一束，手抖几下，撸掉些不成形的小叶子，回到家，再系上一根细绳、搭上一个蒜头，就能牢牢挂在大门上了。

隔壁邻居是山东人，人爽气，来来去去的，经常打照面。他们自己开车回老家过年，大包小包的，得开八九个钟头。还会带些家乡特产，给大伙儿分着吃。两个孩子也都上小学了，就在镇上念。夫妻俩说这里好，等孩子大些，再考虑回老家。

夫妻俩一开始做水果批发生意，现在开个农家饭馆，话虽不多，人实在，生意挺红火。忙起来，早出晚归是常事，自然是没地方，也没工夫特地种花花草草的，菜场上又买不到新鲜的艾草，奶奶就会多扎上几束。

放学了，两个孩子把书包摆在长条凳上，蹲在一旁学着奶奶、有模有样扎着草玩。玩得腻了，就开始咚咚咚敲门，从一楼吭哧吭哧跑去顶楼，一家家送上奶奶扎好的菖蒲叶和艾草。踏上楼梯间，满是清香、带有中药的淡淡味道。

六点钟的光景，熟悉的电瓶车铃声响起。孩子母亲手里拎着几个菜，向奶奶笑着点了点头。孩子们搓搓小手，急忙背上书包，一左一右挽着母亲，向奶奶挥挥手说再见。手腕上的五彩绳，飞舞得真好看。

这五彩绳，也叫长命缕，多年前见过。是个清晨，端午节前夕，一茗来宿舍串门，手里捧着几团红绿黄白黑色丝线，扯出五根线头来，合在一起搓成一大根五彩线绳，帮我们一个个系在手腕上。

她一边系，一边讲，这五彩绳是她东北老家的端午节风俗，寓意着健康长寿。母亲特意给她从老家寄到北京，想着班里女孩子多，就直接寄了几大团过来。那天，校园的广播放着歌曲《稻香》。

> 还记得你说家是唯一的城堡
>
> 随着稻香河流继续奔跑
>
> 微微笑小时候的梦我知道
>
> 不要哭让萤火虫带着你逃跑
>
> 乡间的歌谣永远的依靠
>
> 回家吧 回到最初的美好
>
> ……

那天，我们班全体女生约着一起出发去教室，每个人手腕上都飘着五彩绳。五彩的绳子粗粗的、留着一个小尾巴，手腕轻轻晃一晃，小尾巴也跟着荡起来。

　　校园小路的两排树上，挂着摄影社团拍的照片，有志愿服务的，有校园风景，有图书馆常驻小猫咪们。迎着光，男生们骑着自行车，从身边带风驶过。我们穿着亮色的衣服，一边看照片，一边在风里笑着、闹着。

　　记得，那时的天空不见云，干净得好似掺杂不了一丝灰色。

　　不一会儿，翻飞的思绪被拖鞋踏踏踏的声音打断了。孩子母亲从楼上走下来，手里捧着一袋子草鸡蛋，往奶奶怀里一塞就走，说什么也推不掉。走上楼梯，还回头频频道谢。

　　又是一个傍晚，奶奶坐在小板凳上择地里摘的苋菜，茶叶香从厨房飘到楼梯口，飘到楼下。孩子们放学了，锅里的茶叶蛋也正好熟透了。往长条凳轻轻一敲，蛋壳就碎成一小块一小块，一剥开，浓厚入味的酱油香与蛋香味钻到鼻子里。

　　两个孩子一边玩，一边剥着茶叶蛋吃，手上满是酱油水，还没等奶奶拿纸头出来，孩子们随手一擦，衣服上、裤子上都是，哭笑不得。这才消停下来，端坐在凳子上，等着熟悉的电瓶车铃声响起。

　　过了端午，那一束也不放下来，就一直静静挂在角落里。中药味道慢慢变淡、叶子渐渐枯黄，隔壁的邻居换了一茬又一茬，奶奶还是每周都会去几次地里。平日里开门关门，并不会有谁多留意，妙就妙在，当不经意记起时，已是快一年过去了。

　　又是一年端午，虽夏至未至，但真正的酷暑慢慢近了，嗡嗡的虫蚊声也慢慢来了，细看门上挂着的艾草和菖蒲叶，早已枯得干脆了，又到了扎一束新叶的时节了。

　　走，明早与奶奶一同割艾草去。

小喇叭

　　早上，天没亮透，淡淡的月牙印子还画在天边，暗蒙蒙的，房间里一片漆黑。篷里的公鸡摇摇红冠头，挺起脖子，扯着嗓子叫唤上了，喔喔喔，喔喔喔。在网里头扑腾着羽毛，油亮、厚重。

　　人声起来了，谁家新媳妇弯着腰，在河边敲着木棒子洗袄子。老棉鞋边的菜叶子上，挂着一层薄薄的霜。大孩子们穿着大红棉裤，抓着树条子，吼吼哈哈地假装比试。河里的沫融得快，叶子舟随着泛开的水晕，兜着转啊转，不知转到哪家的岸边。

　　"喂喂喂，大家注意了。"村口的小喇叭也起来了。

　　村里每隔一个电线桩，就有一个小喇叭。听着小喇叭播放消息啊、新闻啊，整个村庄慢慢苏醒。村主任清清嗓子，手拍拍话筒，说着今日天气，气温和昨天差不多，该要晒的吃的、用的，都抓紧着，过几天就要变天了。村主任顿了顿接着说，要过年了，供销社新鲜年货也摆起来了，要买的可以互相帮忙买回来，再嘱咐上旁的几句。老人一听到年货，急忙忙放下手里的韭菜，喊上在听收音机的老伴，骑上三轮车去供销社，盼着买到小孙子最爱吃的竹笋。

　　村里信号不稳定，时不时有嘶嘶啦啦的声音扩出来，听得脑袋疼。譬如，有人去找村主任，布一遮，就开始在旁边讲话，讲地地道道的土话。嘶嘶啦啦的声音透过布传出来，树上的一个个喇叭也嘶嘶啦啦的，哪怕一分钟，也让人心焦。老长辈就抓上个把正在边上耍的男孩子，手一松，再一挥，示意其往村大队走。

不一会儿，喇叭里传来几个男孩子嘻嘻哈哈的闹腾声，再听得村主任呵斥几声，拿开红布，瞬间听得清楚了。村长对着话筒说，村里合作社年底要分红，村民代表吃过中饭来大队里开会。晚点还有退休老教师在大队写春联，大家都过来热闹热闹。说罢，放几首过年喜庆的歌曲，热气腾腾的年味才像是真的上来了。

爷爷回忆说，以前电视没普及，就靠着村里喇叭通知，某某某报道。国家大事、村口小事，都讲。每逢过年，还会特别放春运的情况。老人们听着大喇叭那长长的回音，感叹着买票那叫一个难啊。挂着自己做的拐杖，时不时地望向村口，期盼着熟悉而又陌生的身影。

早些时候，老人们就围着围裙，在灶头间忙这忙那了。做着赤豆糕，圆形的、五角星的，还烫着走油肉，嘶啦一下进油锅。客堂间桌子上打扫得干干净净，自制的小布扫帚挂在八仙桌侧面洞里，桌上备着瓜子、话梅、炒花生，孩子们假装经过，悄悄偷吃两颗花生糖。等着来客，也等着归人。

有的人家不愿凑路上堵，所以提早拜年。一家几口，提着大包小包进门口了，老人们拍着手就往里面迎，互道着新年祝福。放下东西，擦把脸，歇一歇，去一去土路颠簸的疲惫，大人们从箱子里拿出福字、春联，动起来。贴之前，先得把大门擦一擦，图个好彩头，双面胶一粘，上联"爆竹声声喜报前程锦绣"，下联"梅花朵朵欢呼万象更新"。孩子们十个手指都粘着颗米粒，等着粘福字，问父亲，是正着挂，还是反着挂。

装饰好屋子，小孩子们颠颠跑去里屋，爬上床，看着奶奶剪窗花。一叠红纸、一把剪刀、一支铅笔，一张张生龙活虎的纸花粘在玻璃窗上。心痒痒，手也连着痒痒，从篮子里翻出来一把剪刀，拿起一张红纸，就开始学着奶奶的样子折啊折、剪啊剪。一瞧，明明都是喜庆的大红色，一个展出来是妥帖的福字，一个展开来四不像。奶奶见不得浪费，挥挥手让他出去玩。

原本他就坐不住，听到门口有声音，往窗户上哈一口气，手一抹，颠颠地出门迎伙伴去了。院子里，跳房子、跳皮筋儿，小伙伴们把各自的口袋掏出来，糖果、瓜子堆在一起分享着吃，跟着喇叭里的歌曲跳啊蹦啊，哼着唱：我恭喜你发财，我恭喜你精彩，最好的请过来，不好的请走开，oh，礼多人不怪……

　　后来有了网络、短信，村里的喇叭，不响了。只有老一辈留存着一些回忆。年轻一代见喇叭，常是收废品的人架在三轮车上，喊着"旧电脑、洗衣机、电冰箱，要伐"，或是体育课老师拿着喇叭，在比赛的时候喊着"开始""加油"。

　　前几年回村里，喇叭竟又"回来"了。一是村里喇叭用普通话和土话交替着喊；二是村里的干部们，把村头的大喇叭装进村民的口袋里；三是村里大队长上门传话发册子。一个不落，明明白白，清清爽爽。

　　又是一年过年，小辈们牵着孙子辈，提着礼盒回村，贴春联、放鞭炮，孩子们放下 iPad，大人们放下手机，聚在一起吃团圆饭，外头喇叭里喜庆的音乐响起来。

　　喇叭开了，村主任清清嗓子，说村里的新时代文明实践站，请来镇上的医生护士，可以免费量血压测血糖看片子，有需要量血压的村民赶紧到大队来。还有写春联、猜灯谜、吹糖人，大家都过来热闹热闹。

　　吹糖人的大爷端坐在转盘前，孩子们轮流转转盘，转到哪个，大爷就给做哪个。拿起一小块棕色的麦芽糖，细管插入糖块，边吹边转着圈，双手或捏或拉或拽或扯，糖块渐渐地胀了起来，有了形状，小老鼠、小猫、小猴子活灵活现起来。

　　老人摸着孙子的头，说今年村里越来越"给力"了。孩子眨巴着眼睛，竖起大拇指说：爷爷真时髦，这都知道。

　　老人整了整帽子，得意地说：这不是村里小喇叭的功劳嘛。

　　孩子舔着手里的糖人，祖孙两人手拉着手，心满意足地走在铺好的石子路上。

东方既白

夏日，树上的蝉叫唤个不停，听得人莫名烦躁，脑袋里回荡着吱吱吱的声响。槐树底下，淡黄的花蕊落了一大片，光漏下来，亮晃晃的，像是要燃起来。

空气凝浊，满是潮湿的黏腻感。远处的暖风，吹起一阵麦子半熟的香气。农户扇着摘下来的斗笠帽，扯着脖子，盼着一场雨，盼着梅子熟。

操场上的红旗斜耷着，偶有风，撩起一角。一过，旋即又低下头。三年级一班的教室里，戴着厚厚眼镜片的语文老师正在讲一篇追逐太阳的课文，台下的同学们一个个听得入了迷，把眼睛尽力撑得大大的。

快放学了，校门口，大人们推着自行车，横七竖八停在前面的空地上，这儿扎一堆、那儿凑一圈，说着我家你家他家孩子的成绩。爷爷奶奶们坐在掉漆的蓝色三轮车上，把手上挂着的红色塑料袋滴着水，里头是几个冰得硬邦邦的碎碎冰。

也有不少孩子走路回家，估摸着学校离家不算远，又有同住一个小区的同学们，大人们回家去菜场买菜，再回家做饭，空不出时间，就让孩子自己走回家。一路打打闹闹，逛逛礼品店，买根烤肠吃，乐得自在。

大概是年纪小，听什么就是什么，听老师上课讲追日，一打铃就悄声与三两好友相约，飞奔着去追太阳。

是，追日。

看，那几个穿着短袖校服的孩子就是了。颠起大大的书包，往太阳落下去的方向飞奔着，呼啦啦跑着，跑过门口的小卖部、跑过先放学的一二年级同学、跑过骑着自行车下班的大人们。孩子们撒开腿跑着，没命地跑，没有目的地，只是单纯想看一看能不能追赶上落下的太阳。班里的孩子坐在三轮车里，高声问着你们玩什么去。领头的孩子跑在最前面，侧过身指指太阳，回道追它呢。

路人笑着摇摇头："小孩子，真是傻得可爱。"

有没有赶上太阳，记不清了，只记得回到家两条腿没了感觉，瘫在凳子上，咕嘟咕嘟灌了两大杯凉白开，才勉强缓过劲儿来。喉咙涩，晚饭没比平日多吃多少。做完作业，东方卫视的《天气预报》还没开始。望窗外，天边竟还有一丝余光，太阳原来落下得并没有那么快。

第二天起个早，夜里下的雨，石砖上早已不见湿漉漉的痕迹。日头不毒，也不闷。伏在桌上，简单扒两口粥、豆浆，再查一遍书包，一门一门功课的课本、作业本、课后习题册按顺序排好。

路上，已有买好菜的奶奶们拎着竹篮子往回走了，与碰上的人说着花菜一斤贵了两毛钱，卖包子、馒头的小推车也出摊了，空气里泛起阵阵甜腻的味道。

边往学校走，边转头望东方。另一边浅浅的月亮印子还在，薄淡的太阳，大半还掩在白雾里，原来升起得也没有那么快。

大三那会儿实习，真遇见这么个特别的名字——东方。

她讲话糯糯的，声音轻轻的，皮肤白净，披肩黑长发，给我们几个新来的实习生慢条斯理地解释着项目，说着注意点，最后走时，她给我们每个人拿来了一盘 DVD，是关于教育的纪录片，她说可以好好看看，就更懂得项目的目标了。

那几个月，我们总是拿着一堆数据去找她，虽然可能有的无效、不完整，但她总是鼓励我们去做、去找、去试，一起去学校，搜网站，做问卷。每次给我们开小会，她总会根据数据做成 PPT，投影在会议室的白色墙壁上，告诉我们做的事情意义所在。

记得一次开展农村教育论坛，好几位扎根农村实践的先锋们在台上分享着自己项目的源、本，她拿着话筒站在舞台下，跟进论坛每一项进程。一有空就拿出笔记本写上几笔，能感觉到她眼里有另一种光。

项目结束多月后，邮箱里收到一份行业报告，最后有一行小字，写着我们几个实习生的名字，挺意外。再后来，我们毫不意外地成为朋友圈里的点赞之交。

再想起，是看到她晒的一张照片。照片里的她穿着蓝色冲锋衣，阔腿牛仔裤，脸晒得有点黑，头发松松地一扎，席地坐在操场上，腿上放着一台黑色电脑，身边围着一群穿着校服外套的孩子们。

细细去了解，她与好友以互联网为媒介，开展结对助学计划，更多地是传播一些人文素养课程，小到给儿童的绘本项目，大到对乡村教师的培训。从北京到河南，上海到邢台，让乡村地区的繁星更好构建自己的内心世界，去理解自己与社会的关系。

若换了旁人，兴许会说，她是为了实现优质教育均衡的目标而努力。聊起，她总是谦逊地说，只是与朋友做一些事情，教育方面的。

美好背后都有难。她将丧的情绪写在诗里"有人在哭，有人在笑，有时会望着阁楼的天花板，思考现在与未来"。她说，她活得太任性了，在难以生根的城市做着不切实际的梦。可是，那照片里的她，虽不修边幅，却闪着青春的光彩。

《肖申克的救赎》里有一段话说：刚入狱的时候，你痛恨周围的高墙，慢慢地，你习惯了生活在其中，最终你会发现自己不得不依靠它而生存。

可里面还有一段话说：你知道，有些鸟儿是注定不会被关在牢笼里的，它们的每一片羽毛都闪耀着自由的光辉。那光不是外界给的，是源于内在的滋养。

又一年暑假过了，镇上的新小学开学了，校门口又热闹起来了。有的孩子背着书包，有的拖着带轮子的书包，有的从父母的小轿车下来，有的横坐在奶奶的三轮车上，还有的成群结队，说着、笑着、闹着，一切都是最有活力的样子。

　　望了望东方，那太阳，洒着清晨的一缕缕光，如往常一般。也许后来，我们努力奔跑，不是为了追上太阳，只是想追上那个曾经追太阳的自己吧。

花　期

马路边，六七十岁的阿姨们，穿黄色马甲，扎白色碎花头巾，把一盆盆花从黑色软壳里掏出来，安置在路中间的景观带里。厂区门口，两团大的绿色植物，有心的大爷会过一段时间就拿大剪刀修剪，裁成"平安回家"四个字。情人节，小提琴拉奏动人的旋律，捧着花束的女子，面庞添了不少笑意。

记得小学路上有一片草，那是孩子们的乐园。有种草，孩子们叫它奶奶草。拔出来，会有白色的乳液，可以拿着在石砖上画画。偶见蒲公英，人蹲下去，呼一吹，有时一个不当心，风往自己脸上吹，白色茸毛一丝丝往脸上扑，痒得直打喷嚏。

上周末采草莓，旁边有不少大农户种的花。大棚里种各种花草，多肉、玫瑰，更多的叫不出名字。农户实诚，十块钱一大把，回去放在玻璃瓶里，心情愉悦不少。

路上遇见一棵老银杏树。经过一个丁字路口，再沿小路上走，穿过好几户人家，就能见到这一棵千年银杏，四周围着木头栏杆，铜牌上写着她的前世今生。听老一辈说，这一棵银杏树是省内最古老的一棵银杏树，至今已有一千七百多年树龄了。她似一位老者，看遍沧海桑田，却依旧微笑地陪伴着人们。

秋天来临，天气凉爽，树上的银杏叶变黄了。风一吹，地上就铺满了黄色的毯子，那是最好的时节。不少摄影师闻讯而来，记录下生与落。

一旁的村民们背条凳子坐旁边喝茶聊天，看着摄影师们踮脚、卧倒的模样，也不觉得稀奇。捡起几枚，随性写上些字，再夹在厚厚的字典里，等某一天不经意翻出来时，叶子上的字早已淡去，看不出来写的是什么，但那种岁月的脉络清晰得很。

很少养花花草草，倒不是不喜欢，而是花草到我手里就凶多吉少了。这大概是小时候养仙人球留下的"阴影"。

仙人球，忘记是哪里得来的，反正心情定是欣喜的，再加上听说不管怎么着，它还是很容易养活的。特地换了个熊猫图案的盆子，安置在了电视机旁边，生怕忘记浇水，大晴天的时候，把它捧到阳台上去晒太阳。然而，还是没养活，整个球松松垮垮的，能直接提溜起来，球底上还出现了白色的霉点。原来是不知不觉浇多了水，淹死的。兴许是太过在意，反而适得其反。

有时不经意的养护，倒活得热热闹闹。客厅架子上，老妈养了几盆不知名的盆栽。盆子就是网上淘的，几毛钱一个，土是小区里挖的，生出来的枝叶也不大修剪，任由其长。平日里也不太照顾，只是洒些水就好了，倒是长得很旺盛。

周末兴致来了，就与父亲，一起凑在架子那里换土啊，播种子啊，再研究些新的花花草草。一次从农庄买的草莓新鲜好吃，就想着种草莓，从草莓户那里讨了三棵秧，种在三个盆子里，风吹日晒雨淋，个把月才长出来一颗，青的。

事物的展现，只在瞬间，而其内在的孕育都是漫长的、无声的。如昙花一现，为了花开的绝美一瞬，付出了多少个不眠之夜。又如树的年轮，一圈又一圈，诉说的是多少个春夏秋冬的风云变幻。

为了绽放，万物在等，在等一个春天。

耐心等待的人啊，是温柔的。认识北林毕业的小姐姐，学的园林，具体专业不太懂，但和她聊起天来，很舒服，平日里也是很懂得体贴的女生。记得在北京时，她总是能满足我所有的好奇心，问她这是什么花，那是什么花，她总是耐心地一一回答。

毕业后，她也回来了。周末宅得多，要出门就是去辰山植物园，不是像常人去个一次两次，看了就过了。她时刻关注展园动态，去拍各式各样的花草，细心记录下它们的成长变化。不化妆、不自拍，路程花上三四个钟头，为了节约时间自带干粮。

她关注科普公众号，买一堆植物类书籍，说也要做个公众号，专门介绍植物园的花花草草。一次问她最近读些什么书，推荐了诗集给我。嘿，爱花爱草之人，性子里也多了许多温柔。

见于日常。朋友圈她晒买的日历，也是一日一花，为了记花期。和妹妹们一起找四叶草，找到后还像个孩子一样高兴。"双十一"，她不像其他女生一样买衣服什么的，她买到了一本已经绝版的植物图册，得意得不行。虽然不是太懂，但有一份属于自己的执着与热爱，是很棒的事情。现在的她，经常要去工地，比以前黑了，工作、生活中，烦恼总是有的，但我想，她就像一束花，总有属于她的花期。

去年母亲去超市，买了一盆节节高，让放在办公桌上，说不然一直盯着屏幕眼睛要坏掉。有了小时候仙人球的教训，这回小心翼翼地照料。快半年了，一直长得不错，新芽也爆出来不少，小叶子杂草也来凑热闹。

可年初，一直在社区帮忙，没法回去浇水，朝南的办公室光照厉害，等回去的时候一看，枯得厉害，几乎都是黄叶子，根也有点晃动了。不甘心，也不舍得丢，就拿回家让母亲抢救。

母亲说不用急着一直浇水，能活。就这么放在鞋柜上，想到的时候洒些水，照照日头，也有好一阵遗忘了。昨天换鞋子时一看，新芽出来了，熟悉的小杂草也冒出尖儿来。

时间太快，夏天就要到了，小区里的花、树旺盛极了，也许是戴着口罩的缘故，香味浅了些。听说公园里的花也开得盛，倒怀念起闻着花香打喷嚏的时候了。

赤诚善良，静待花开；岁月漫长，都值得等待。

日　历

　　说起生日，奶奶常记不得自己到底是几月几日生的，只说是农历大年初几。也是，老一辈讲的都是农历，也叫阴历，到现在，他们还保留着老习惯，钟情有今日宜忌的老皇历，大红色的封面，细软的内页，过一天，撕一页。撕下来的，还舍不得丢，抚平塞在电冰箱上的报纸缝里，饭后收拾的时候，拿来抓饭后的骨头用。

　　365张快撕完见底了，爷爷骑三轮车去小菜场对面的小商品市场买老皇历，奶奶坐在边上，回来的路上再换着骑。老摊子，老面孔，却是新日子。老价钱4块钱一本，巴掌大小，拴在去年的挂绳上，系在冰箱旁边的挂钩上。一次想起，就去网上帮他们买好，到货了想着去献宝，可没承想倒是让他们少了出门的乐子。

　　老皇历一买回家，奶奶就搬个凳子，在楼道里算日子。老皇历不比阳历，日子得掰着手指算。太太，也就是奶奶母亲过世的日子，折一个角，提前一个月准备东西，折锡箔，黄纸，香烛。到了那一天，把老皇历的这一张轻轻撕下、抚平，与锡箔放在一起，化为铁桶里的阵阵青烟。

　　一月一翻的挂历，用的更多些。不用天天翻，能在上面写上换钢瓶的日子、买米买油的日子。挂历，买的少，有时候银行会送，有时候街上宣传保险的人会发，也不考究，能用就行。小时候，拿一支彩色笔，在日历上把自己的生日和六一儿童节悄悄圈下来，假装无意，但期盼着收到生日礼物。

父亲以前的办公桌，玻璃下压着一张台历，重要的日子，像是开学、放假、中考，用记号笔打上记号。绿绒布带着黄丝带，玻璃铺在桌上，中间压着几张他年轻时出去旅游的照片，以及上几届学生的毕业照、家里的合照。现在，办公桌都换成了木质统一的，不放玻璃了，日历也换成了每日养身日历，但还是有在上头标记的习惯。

去年新年，家里不知不觉多了好几本台历，一本放在电视机旁边，一本放在房间桌子上，仿佛手里攥着好多日子，有好多个未知与可能的明天在前头，能盼着，望着。大概这就是年初感觉最妙的时候。

小时候有记日记的习惯，新的一年，去书店里挑上一本日记本，空白的条纹，拿在手里轻飘飘的。考试名次落后了，被后座的男生拽了小辫子，也有犯懒的时候，写个今日晴，无事就过去了。后来学业重了，人也长大了，就学会把心事藏在心里，闲来翻看儿时的日记本，半点大的情绪被放大得厉害，幼稚得可爱。

现在，养成了每天翻一页日历的习惯，好好过当下的每一天，倒觉得意外的充实与有趣。不再立随意的目标，想做的事情即刻着手去做，而不是等待一个所谓理想中的时机。一天结束撕下来，捧在手上，简单地写上今日的心情与感受。

今日的日历，是宜期待。

写的是——

我们必须接受失望，因为它是有限的。

但千万不可失去希望，因为它是无穷的。

现在又多了一本和小伙伴一起捣鼓的台历。和小伙伴们想主意，十二个月十二个不同的主题，不大而化之，但有真情实感，烦恼了挺长一阵。再加上抽时间出去拍照，找合适的场景，拜托不同的人，以为会很简单，也拍了挺久，算上去印、装订，到手里时已快到新的一年了。然而，它像是自己的宝贝，怎么看怎么觉得好。

缘起，是一次去湖边买农家种的桃子的遭遇。大夏天，一位阿姨头戴着遮阳的布、穿着冲锋衣，架着照相机拍池里的荷花。那会荷花开得没有很旺盛，她的爱人就像那些陪妻子逛街的人一样，在旁边树荫下，和卖桃子的人一起聊聊天，喝喝茶。他说阿姨退休以后就喜欢拍照，那里都去，正好家里孩子大了，压力也不大，就陪着一起出来旅游散心。

　　聊起家常，我那会还在上学，说起各自的生肖，都是猴子，虽差了两轮，但觉得很有缘分。阿姨就让叔叔去后备厢拿了一本台历出来，说是自己用在猴山上拍的照片做的台历。台历上，一只只猴子机灵可爱。她这几年拍照，玩得很开心，每年做不同的台历送给身边的家人、朋友。

　　想来那是 18 年前的事情了，日子早就过去了，也没有再见过那位阿姨，但那本台历还静静地收在电视柜的抽屉里。说不定哪天，在湖边，又会遇到那位阿姨，还是在拍荷花，或是别的什么景，她的爱人依旧在树下喝着茶，看景中人，看人中景。

　　后来有了手机、网络，电子日历成为新的潮流。无论记还是不记，都会有各种方式提醒自己。生日前一天，QQ 空间会提示好友们发的生日祝福，支付宝也有祝福提醒。每天要做的事情、要交的材料、要做的PPT，也在备忘录里记上一笔。还有与他在一起，要做的 100 件小事。

　　她点开记录时间的 App，从认识的第一天，到牵手，拥抱，每一个纪念日、特别的日子，她都在手机里记下来。他的手机里还有她每次"大姨妈"来的日子，每次提醒她不能着凉。每次点开，每次提醒，点缀着这一路来的甜蜜与美好。

　　当然也有争吵，她在备忘录里默默流着眼泪，写下当时的心情。100 件小事，做了过半，还有一小半没有打钩。后来，密码忘了，备忘录灰色的日子越来越多。再后来，人不见了，卸载之后，仿佛一切都消逝得很快。记忆中的日子，也越来越模糊。

和小伙伴的台历，统共做了几十本，还印了帆布包，写着"凡是过往，皆为序章"。在镇上开车兜圈子，送给认识的不认识的朋友，还有在拍照过程中遇到的人们。

也许那也是种缘分吧。

微　笑

　　她喜静，怕生，不爱人多的聚会。

　　饭桌上，一高一低的酒杯。对陌生人笑着拍拍肩膀，说以后照应、推杯换盏，她应付不来，只独自续一杯椰奶，点点头，夹菜吃。小区里的人聚在一堆拉家常，织着毛线、推着小孙子，笑说着李家长、王家短，她也是打个照面、快步走过。

　　婚礼上的小丑表演，一身七彩的装扮，往身后拔出一根长长的气球，三下五除二扎出小狗、小花，大孩子们、大人们一起往前围着他，他的嘴巴咧得大大的、大红色的鼻头上下颠着。

　　年底，她受邀参加周火生希望工程的年会。原是不想去的，因为协会日常的志愿活动，像情人节卖花、去安徽大别山见孩子们，她参加的不算多，所以团队里的其他志愿者也都不太认识。但协会的李老师特别热情地邀请，发来好几条微信，盛情难却，正巧那天是周末，也没什么事，就跑一趟。

　　门口，一座充气的半圆拱门，张贴着欢迎志愿者的字样。进门，只在线上沟通过的李老师在为前来的每一位志愿者、捐助者戴上红丝巾，每人选一个幸运数字，贴在身上，有个小抽奖环节。李老师个子不高，是一个老师，做公益有好几年了，在周火生团队里算得上年轻骨干，这次年会她要迎接、串讲，踩着高跟鞋一直在跑。

　　会场布置挺简单，舞台也不算大，目光所及都是正红色，灯笼、围巾、布袋子，没有绚烂的灯光，没有高端的摄影设备，虽简单，但人心暖暖的。大家围坐在一起，有做活动而相熟、三两一处聊天的，有因这同一份爱心聚在一起、初识报以微笑的，也有低头翻看着公益简讯的。李老师见她坐在边上，怕无聊，路过的时候还问问她。整个场子，氛围和谐、亲切。

听着上台的志愿者们一个个讲述饱满又生动的公益故事，人们脸上都洋溢着充实的笑意。这种不期回报的付出，纯粹，依旧会让人动容，她记起大学时代的自己。

带她走上公益这条路的，是一位擦肩而过的老奶奶。头发花白，年过八旬的她，虽患有疾病，却还是热情洋溢参加各类公益活动。见到她的时候是大夏天，她正在精神饱满地与大家一起走路，不乘来回的接驳车，就这么大步迈着，前往活动地点。

而她，与一群大学生们被感染，下车与大部队一同步行。一路，听老奶奶讲述自己的公益之路，讲述这一路发生的故事和趣事，不时传来爽朗的笑声和叫好声。

也许是遇到太多美好的人与事，因此大学四年里，她参加很多公益活动，如中网公开赛、支教、敬老服务等。慢慢地，习惯把公益当成生活的一种常态，拥抱着这些经历，记得这些美好，体会到真真切切、实实在在的情怀。

缘于这种希冀，她毕业后选择回到家乡，成为一名大学生村官，从那刻起，脚步踏出了象牙塔，踏上这个平凡的社区服务工作岗位，扎根在市井间感知温度，人世的温度。常见微笑，那种发自内心的。社区居民们自发组织舞蹈节目，伴着音乐声的笑，发放材料时的一句感谢、一个微笑，组织微孝行动，为社区的高龄老人们过简单的生日会，开茶话会聊天，一个个拊掌大笑。如许许多多基层社区工作者们一样，她怀着同样朴素干净的情怀，对美好的人与事动容。

生活中，也拥有简单的快乐与微笑。翻开丁立梅老师的散文，平日里简单的物件，都能生发出很美好的幸福感。阳光下晒着的大花被褥、耳边熟悉的乡音，以及散着斑驳光影的老宅，如沐春风，心向往之。

楼下一小孩，大家都叫她阿妮头。周末在家看电视看得没劲，叫上一起去彩虹桥玩，戴上头盔，骑个自行车就很开心。骑累了，喝一口带的酸奶，用牙签插一个小番茄塞嘴里，不舍得回家。

镇上的敬老院，文体团队举办迎新活动。舞蹈团队跳着《爱我中华》，两位唱将唱着《燕燕做媒》，答题环节送牙膏、肥皂小礼品，还有特地为老人们开设的动手小游戏。玩累了，就吃上一碗现包的饺子。环节很简单，时间也不长，一个小时多点，但老人们异常开心。

一位老人让她印象深刻。看着举止比较正常，但脑子有些糊涂，旁边的老人们都在吃饺子，他不吃，从口袋里掏出个马甲袋往里装，手有点抖，还掉了几个在桌上。见她向他看，老人挠挠脑袋笑笑，对她招招手，右手往围兜上蹭蹭，抓起碗里的饺子，递给她，笑着说你吃呀你吃呀，像个孩子献宝一样。

还有口罩下的微笑。她上门给居民们发出入证，关门时互相点点头。回家时保安给她量体温，她笑着回应说声辛苦，保安站得笔直、敬个礼。一起在门岗值班的志愿者们，虽不曾见过口罩下的模样，但这些眼睛啊，会笑，再见时定能点头相认。

三毛说：我笑，便面如春花，定是能感动人的，任他是谁。

记得，微笑。

就像歌词里唱的——

请把我的歌带回你的家，请把你的微笑留下。

明天明天这歌声，飞遍海角天涯，飞遍海角天涯。

明天明天这微笑，将是遍野春花，将是遍野春花。

烟 火

之前去湖南，常去那条集市老街逛逛，杂货店、包子铺、奶茶店、卖瓜果的都有，平日人不多，车子更少。

每逢赶集日的早晨，老街就热闹起来了，人们会早早起身，背上竹筐来赶集。筐里有孩子，有刚买的新鲜蔬菜。镇上小，前后总能碰上认识的人，说着听不懂的方言。

傍晚，村里人家起锅炒菜声、母亲喊孩子吃饭声、空地上广场舞的音乐声，很多声音夹杂在一起，却让人感觉平静极了，洗去现实生活中的疲倦。苏轼说："簌簌衣巾落枣花，村南村北响缫车。牛衣古柳卖黄瓜。酒困路长惟欲睡，日高人渴漫思茶，敲门试问野人家。"平凡的烟火气，变得让人期待，让人守望。

去年年初，和伙伴们决定拍个新年视频。经讨论定下了大方向，就着手在马路上找合适的行人。镇上最热闹的街上，一个相机，一张白纸。请求有些鲁莽，还好遇到的人们，都很有善意。

外卖小哥，穿一身黄色外套，带着头盔，估摸着是刚送完一个单子，坐在车上刷手机休息。有点高冷，但说明来意后，爽快地答应了请求，挠着脑袋想了想，中途因羞涩笑场了几回。

菜场卖面食的是位女老板，短发，北方人。一开始害羞，摆摆手不愿上镜。说了许久，周围看热闹的人一起说，才答应。月牙眼，酒窝，一直笑，一张张厚实的馄饨皮齐整地码放着，面粉在手上、脸上、空气里。

……

久违的菜场，真真是肆意的烟火气溢出来。

摊子底下铺满白色砖块，上面放着鲜红的辣椒、翠绿的白菜、滴水的茭白，鲜嫩极了。品种多，看似乱，倒也码放成一行一行。角上挂着塑料袋子，有中意的，自己拽下一个袋子来，挑好递给卖家。一按、一称、一扎，抹个零头，再塞上一把葱。

扇翅膀的鸡鸭，冒着头叫着想往外探。活蹦乱跳的鱼，带着腥味，哪家是正宗河里自己抓的，哪家是家养的，常客们都心里有数，也不会多说，毕竟都是为养家。鲜红的、带蓝章的肉，用锃亮的铁钩高高悬起，肉铺老板穿着蓝绿色围裙，吆喝着"肉新鲜卖喽"。每一个摊位，都像是一幅幅浓墨重彩的水墨画，喧闹又热烈地铺开在面前。

还有夹杂在其中，早点摊炸油条、摊大饼的油烟气，一如儿时，为了第二天考试，奶奶买上一根油条、两个大饼，寓意满分。卖饺子、面条摊的面粉味，白白糯糯，抓一把，斤两总是刚刚好。卖榨菜的摊位，有一股酸溜溜的味道，令人禁不住咽口水。榨菜色泽浓郁，配上白米粥咸淡相宜，绝了。

菜市场，有人与人之间莫名友善的互动。小贩招招手，告诉说今天的大番茄不够新鲜，明天到了，再来买。有认识的买菜阿姨，拉住聊会儿家常，拎起手里的菜篮子，说靠门口的草莓不错，分别时非要让拿几个走。有小孩子在帮父母看摊子，一边做作业，一边吆喝，算起价钱小脑袋瓜转得快，父母说孩子成绩挺好，期末考了满分。老奶奶卖菜时，从怀里掏出塑料袋里外三层包着的钱袋子，用舌头舔一舔手指再点钞票，小心翼翼递出来找零。

出门在外，吃小餐馆、外卖多一些。周末打扫完卫生，又累得瘫在沙发上，不想动，随便吃点打发过去，没有生活的感觉。有时碰上周末饭局，一帮人谈天说地，回到家又是晚上，只想窝在沙发里睡上一觉。一开始新鲜劲儿在，久了就只觉得累。

一次，与舍友们约着逛菜市场。早起，喝一杯温白开，素颜，提个帆布包，就出发了。在附近的菜市场一边挑挑拣拣，一边聊聊最近的工作与生活。没有高楼大厦的克制，一切是那么肆意与随性，慢下来，享受这细枝末节的日子。回到出租屋，简简单单做一顿早饭，周中的劳累，周末的落寞，空空的胃，都在这热气腾腾的白米小菜里找到了抚慰。

记得以前放寒假，奶奶在凳子上打毛衣，她在一旁听着北风从门缝下面吹来，嘴里直念叨着没劲头，没劲头。理毛线，打结了，理得又恼又急。天冷，冬天呼出来热气，能看到形状，眼镜上有了热气，玩不爽，就往玻璃窗上写名字。奶奶想了想说，那就明早一起去菜场买菜吧。

儿时，静不下来，到了菜场，奶奶左三圈右三圈地兜，一家家讨价还价，她哪还有这耐性，拉着奶奶的衣角，往外面拽，哭着闹着要回家看动画片。奶奶是懂得怎么哄的，弯下腰，答应待会儿去早点摊买糖饺吃。听到糖饺，就不闹腾了，心里盼着早点买好菜，拉着奶奶四处兜，脚下像是生了轮子。

米饭到锅子里了，菜择干净，该腌的腌好。奶奶一拍脑袋，呀，忘了讨个蒜了，支使爷爷骑车跑一趟菜场。爷爷买蒜回来，手背在身后，卖着关子让猜是什么好吃的，没承想冰糖葫芦黏在毛衣上。奶奶拍拍他，直跺脚，还得顾着烧开的汤，没怎么唠叨。

四菜一汤，摆在八仙桌上，等父母下班回家。你一筷，我一筷，说着咸淡，聊着亲戚孩子结婚，要随多少份子钱。她揉着鼓起的小肚子，假装没吃冰糖葫芦，扒拉着米饭，努力再塞下一点。趁大人们不注意，舀几勺番茄蛋汤，呼噜噜连汤带米饭下肚，简单漱个口就去楼下玩了。

正巧碰见有磨剪刀的大叔，邻居们提着菜刀、剪刀排队，有热心的大妈在楼下吼上一嗓子，磨剪刀啦，或开或关的窗户里，传来回声。不一会儿，奶奶端着饭碗，拿着菜刀，也下来了。

那也是烟火味吧。

拍摄结束时，想去对面的停车场拿台历送给每个人。外卖小哥戴上

三山半落

头套，热心地载上一段。初春的风，带一丝丝凉意，迎面而来的，还有自在与舒畅。

　　珍惜，这生活的烟火气，简单，平实。

　　寻常百姓，寻常日子。

遗　忘

　　小镇，信息网络启蒙得晚，小学三年级才上电脑课，大部头家伙，从学开机和关机开始。新奇得很，一节课45分钟哪能过瘾，家里又没电脑，大家就提前半小时去机房，嗖地穿上鞋套，玩小游戏。女孩子玩精灵鼠小弟，换装多一些，男孩子就玩系统自带的扫雷、蜘蛛纸牌。QQ账号也是到了初中才流行申请的。

　　算到现在，十多年了，从比赛星星月亮到点个蛋糕、发个生日祝福，从校园到社会，加了不少好友。虽然现在微信刷得多，但建个长期的群、传文件资料，还是用QQ多些。闲来整理通讯录，林林总总加起来有好几百人，群也不少。

　　一个寻常的分组里，一个不显眼的名字。印象里，他话不多，开学起就戴着钢丝的矫正牙箍，明晃晃地笑。他是老师喜欢的乖孩子，上课认真听讲，随机提问也能答出来，下课不皮，也不会揪着前座女生的马尾辫，惹哭她们。

　　月考结束，几个人在一起对试题答案，他会抓着记下来的纸头默默对，笔一勾一画的。有时有分歧，他先不作声，回课桌自己再演算一遍，红着个脸，定要争个对错。这一场景，大概是能回忆起的三年同班日子中最生动的画面了。

　　镇上没有高中，得去市里住校念书。初中一个年级六个班，三百多个学生，从这一个点散开去，有的去了不同的高中，有公立的、私立的，也有去五年制大专的，学门手艺，早早步入社会的大熔炉。班级 QQ 群偶尔蹦出来一两条垃圾消息和盗号消息，其余时候很安静，都不需要屏蔽。寻常的，就像与很多同学一样，没了联系。

大学，沉浸在新奇的生活中，早上和舍友们一起啃面包、赶着去上课，在外教课上演舞台剧忘词，中午排队吃食堂三块五的牛肉番茄打卤面，晚上抱着一摞书去自习室找位子，还有学校社团五花八门的招募面试。进很多群，复习资料、电子版书籍、好友申请，手指不停。

快放暑假那会儿，期末考试也结束了，在自习室吹吹电风扇、看会儿闲书，惬意极了。手机消息跳动，一看是初中的好友，说老同学生了病，挺严重的，这才猛然想起来过去鲜活的画面。

说来惭愧，竟是通过落灰的班级群，才找到他的 QQ。意外，好友申请很快就通过了。也不知道如何开口，只说一些以前有的没的趣事。聊了没几句，他说有点累，下回再聊。

自习室的窗户开着，初夏的风吹上脸，背后阵阵发凉。一直觉得癌症离青春年少很远，却不曾想到二十岁都没到的他却突然患病，恍然觉得有的事情没有那么遥不可及。

和几位朋友细聊，才知道原来高中的时候他就病了。家里人陪着，一直医院和学校两头跑，即便是这样，他还是在身体允许的条件下，去学校上课，备考，考上了不错的大学。

去他的空间转了转。从 2010 年开始，他的"说说"大多是这样的——

讨厌打针，痛死了。

前方是湛蓝的天空，而后面却是无尽的深渊，该上前一步还是……我无法抉择，只能等待……未来是怎样的？

人活一辈子到底为了什么？谁能够告诉我……难道死亡才是人的归宿？

下面很多留言，认识的、不认识的朋友，都说着坚强，要加油。

空间里有几张照片，应该是和舍友们去游乐场玩的时候拍的，钢丝的矫正牙箍不见了。还是笑得很阳光，没长大的青涩少年模样，一点看不出生病的样子。

2013年某一天，空间里面的头像换成了一个小天使，留言板上时不时有朋友们留下的足迹。当时与同学们约着想去看看，后来被莫名耽搁下来，也不再提起。

后来，他的父母领养了一个孩子，听说长得有几分像他。

日子还是要过下去。

遗忘是种强大的力量，记得也是。

今年的春天很短，老话说春捂秋冻，行人们捂得严严实实，脸也是。过年回程的人们戴着口罩，孩子靠在肩膀上，一下车就来登记信息。放下大包小包、锅碗瓢盆，带起一阵风。隔着橡胶手套，对着身份证写信息，暖阳下，却触不到风的温柔。

被一些不显眼的角落所触动。穿着蓝马甲的网格长，每天爬上爬下扫楼；身穿防护服的医护人员，为接触隔离的人们办手续，量体温；穿红色马甲的志愿者们直播买菜，送货上门；门口保安大叔年纪不小了，每次重复量体温，开后备厢，查看证件，累了，就蹲在马路牙子上缓一缓，撒撒手。

更多的是那些穿着普通的路人、居民，每个人以自己的方式参与进来。元宵节，为值通宵夜班的守门人送去一碗汤圆；匀出来多的口罩，送给医护工作者们；去附近的口罩厂帮忙，凌晨顶着薄雾出发，吃过盒饭再干几个小时才回家。

护理院里，她得了阿尔茨海默症，住在院里。不能出去的日子，一个人对着镜子说话，护理员给她翻身、洗浴，怕戴着口罩她认不得着急，就在口罩边上系了红绳子。只要看见红绳子，老太太情绪就能好很多。

清明时节，志愿者们在大门口量体温，告诉人们如何预约，特殊时期推行无烟祭扫。老一辈们拎着一包包锡箔，抱怨两句，还是会配合地把东西收起来，登记好名字、手机号。每个墓前，有工作人员集体摆放的鲜花，老人们点点头，说谢谢。

戴口罩的日子里，从不习惯，出门忘记拿，呼吸不顺畅，眼镜起雾，到习惯每天十几个小时戴着，只盼着晚上觅得一个空地大口呼吸空气，舒畅。

等一切过去，去看一看被遗忘的角落，想一想应该要记得的时光。

翻一翻幼儿园毕业本子上笨拙写着的童年梦想，一首歌，一个大雨滂沱的雨季，一本装满纪念币的册子，都会于某一个机缘巧合中找回属于它们的记忆。

珍惜，简单的快乐，闪亮的眼睛，还有自在呼吸的感觉。

葱

自然课上，老师教学生们做水培水仙花，人手一把蓝色小刀。黄绿色的小芽，挺得直直的，根部像嫩白的大蒜头一样，中心有些短小的白色须须头。

学着轻轻刮去黏腻的外壳，裹上米白色的糙纸巾。把一个不规则小球搁在一次性杯子里，再从教室前面的大桶里接半杯自来水。回家移养到大些的旧碗里，从尖儿上往下洒清水，水珠顺着叶子的纹路滚下来。

她瞧一眼外头自家黑色盆子里的"葱叶子"，别说，有那么一点像。母亲拍了下她的脑袋，丫头，哪是葱，那是蒜。说着，递过剪刀让她去剪一把葱放番茄炒蛋里。她吐了吐舌头，蹦跶着乖乖去了。

外婆正端着塑料盆，给葱浇着淘米水，指了指让她就剪黑盆里的小葱。南方的葱，不高不大，用不到很大的空间，哪怕生在别的大叶子菜边上，沿着外面挤挤攘攘一圈，也可以长得郁郁葱葱。

葱啊，好养活。随便哪里都可以长得好，长得快。缸顶上的黑盆子，以前是用来打水的橡皮盆，旧了，盛不了水，可外婆又舍不得丢，就撒上点葱苗。淘米的时候，顺手浇上点淘米水，长得盛，且细密。

可别小看这一把把小葱，下葱油面，剪一撮；炒黑木耳，剪一撮；拌豆腐，剪一撮。不知不觉，剪了个大平头。继续浇淘米水，没几天又冒出绿叶来。长得噌噌的，又可以剪一茬了。

家里有老人的，菜啊、地啊还会折腾弄弄，但一般上班族，年轻些的不大会种，还好去菜场，葱大多都会送。只要到了蔬菜摊子上，不管是买个番茄，还是黄瓜，临了，摊主总会默契地在马甲袋里塞进几根葱。

有的住在菜场附近，做菜发现缺根葱的，摊主也会大大方方地抓上一把。都相熟，说说今儿烧什么菜，唠几句。真一大把买的，极少。

第一次见北方的大葱，很吃惊。那回是吃好饭，从食堂走出来，见一堆葱，码放在楼梯口，有一米多高，大拇哥那么粗，用柴扎着，冲天立，像北方的汉子，洒脱，爽快，劲头十足的模样。南方的小葱，更像是春日里的女子，罩着轻盈的衣衫，立在白墙边晒太阳。

班里有北方的男生，说起北方话来很逗趣，性子大大咧咧的。在食堂碰见，也有吃大葱蘸酱的，这爱好自然也带进了宿舍。宿舍北方人偏多，不爱喝酒，爱吃葱，吃葱默契地成为他们宿舍的一个重要社交活动。那味道冲鼻，宿管阿姨推开门都往后退。

周末，玩剪刀石头布，输的人负责去教师楼附近的小菜场买点新鲜黄瓜、大葱、豆皮等，再从食堂打包几盆米饭、饼、包子什么的。大家从柜子里捧出自家做的酱料，一口脆脆的蘸酱葱白，一口包子，再用豆皮卷上葱和其他蔬菜，蘸酱塞一大口，然后分着咬两口黄瓜，灌口雪碧。一群人把葱言欢，有趣极了。

东子是宿舍中唯一的南方人，瘦瘦的，说话声音小。吃饭的时候，不吃葱和蒜，会细细地将它们挑出来，小时候常被大人们批评。看北方的舍友们熟练地抓起盘子里的一根葱，塞嘴里嘎吱吱嘎吱吱，嚼得倍儿香，莫名的好奇心上来了。

其他舍友们都撺掇着他试试，寝室长挥挥手让大家别起哄。他偏不，捏着鼻子，屏住一口气，抓起一段葱，猛地往嘴里一塞，脆嫩没怎么感受到，只觉得头脑发胀、涕泗横流。东子接过包子囫囵吞下，才缓过神来。

说来奇怪，东子再去食堂吃饭，小葱小蒜不是个事儿了，也不挑了。经过几次眼泪鼻涕，倒有些习惯了，甚至爱上了大葱。讲话口音也变了，讲话音量也大了不少。

邻居青青阿姨，年轻时当过支教老师，原本说只去两年，后来机缘巧合嫁给了另一个支教队的他。退休后一起回到青青阿姨的家乡，带带小孙女，散步时碰见，总是客气打招呼，他们互相称老师。

少女时代的她戴黑框眼镜，碎花衬衫，个子小小的，为了理想，说服父母，背着行李去了山里支教。教孩子们学拼音、念书，还兼代大孩子们的数学课。

学校老师少，资金也少，食堂不过是一个临时搭的篷子。学校里有家里出不起学费、天天啃馒头的孩子，长得比同样年纪的孩子小。她心疼，没下过地的她开始向村民们学种菜。要来种子，在操场边上种菜，到老乡那里买小鸡仔，还在缝隙间种上一些葱。课间她和孩子们一起浇水、喂鸡，说着外面的世界。

没多久，菜长出来了，她就去篷子里生火，中午的时候为孩子们改善伙食。菜上总喜欢撒些葱，这是她母亲在家做饭的习惯，看着有生机，她也爱上了。有多的，就择好给孩子们装几根在书包里。她的手，原本白白净净，几个月下来出了老茧。

难处就是水。没有自来水，要煮饭、烧菜，只能一大早去村头挑。她一个90斤不到的女孩子，咬咬牙，提着铁桶走好几公里路，提手刮得手通红。

他生在北方，总说自己是个糙汉子。一个人的时候吃穿什么的都很随便，一口锅，一把勺，一盆菜，吃饱就行。也爱生吃大葱，裹在大饼里。放寒假回老家，大冬天，一手大瓷碗，陪父亲咚咚咚灌上几口高粱酒，一手折两半大葱，清脆咬下，上头，哼着小曲。

他大学毕业那年，原本打算去私立学校教书，待遇挺好。买了大包小包的东西，带女友高高兴兴回老家过年。可女友当天就闹着回去了，觉得他老家屋子破，分手了。分手以后，他把自己关在宿舍里看书复习，跨专业考上了金融学研究生。

三年时间，过得很快，路过公告栏的时候，正好第二批支教公告出来了，学生们围着看。他想着，大约以后不会从事教师行业了，算是完成自己的愿望吧，就报名了。

一个月后，他提着行李，坐拖拉机到了校门口，正好见她在吭哧吭哧搬水，一个箭步过去帮忙。互相认识后，发现原来还是校友，不过小了三届。她支教已经来了小半年了，算得上是他的前辈。

他负责孩子们的体育课、英语课，孩子们很喜欢这位幽默逗趣的大哥哥。课间，他组织男孩子们玩足球，玩疯了，不当心踢到菜地上，忙赔不是，约定提一个学期的水。

一个月过去了，一个学期过去了，后来，总是有装着水的铁桶在操场边上。不满，八成水。桶空了，第二天又有了，还是八成水。她提起来，力道正好，不费力。

她生日那天，他让孩子们支开她，偷偷去篷子里做饭。知道她爱吃葱花，瞄着时机跑去操场上拔葱。一双粗手，一个粗人，鼓捣半天，撒上葱花，一碗葱油拌面总算像个样子了。她吃着拌面，一翻，在碗底压一个热乎乎油亮亮的荷包蛋，笑着笑着就哭了。他手足无措地在一旁来回走动着。

一次他感冒了，她摘了葱白，说记得小时候每次受寒感冒，爷爷就会用葱白、生姜，加一点食盐，捣成糊状，用一块薄纱布包裹，在睡前涂在脚心、手心、肘窝几个地方，再睡上一觉，第二天感冒就能好了。她捣好，包在纱布里，塞给他。

娶她那天，他一直搓手，抚着衣角，托人去商场买的西服大了一码。脚上还是一双绿色军鞋，旧，但是干净。他抓着她的手，原来嫩白的手心，也有了老茧。

他对她讲，自己糙，你跟着我肯定得过苦日子。她笑笑，摇摇头。他说，但我希望可以让你的手指少一点茧，就像，像你教孩子们说的，葱一样，就好了。

她扑哧一笑，是春葱玉指如兰花。

三十多年过去了，葱剪了一撮又一撮，长了一茬又一茬，孩子们也走出去了一茬又一茬。他们有时还会回学校看看，看一片菜地和墙壁上孩子们的奖状。

你若爱，生活哪里都可爱

当时在社区工作，社区有自己的民生综合服务中心，开展项目、组织活动比较多，有儿童的、亲子的、老人的，也得以有机会去市里参加一些社工知识培训班，认识志同道合的伙伴们。

记得有一次培训，主持人上台刚开始有点紧张，话筒也不给力，现场一度有些尴尬地静，掺杂着嘶嘶嘶的杂音。她略微调整了下状态，索性放下话筒，昂起头对着大家侃侃而谈，在座不少学员年纪比她大，也频频点头。

她齐耳短发，个子不高，三十多岁的年纪，淡淡的笑，细声却有力的话语，让人听得进去。课上的话带有专业性，却接地气，举的例子令在座学员感同身受。课后分组讨论课题，在白纸上用彩笔写方案框架，她鼓励每组选代表上台分享，有分歧处她也一一巧妙化解。

朱老师说，做公益，单靠个人的力量，难。要常发动不同的人来加入志愿者的行列，发挥各自的特长，队伍壮大起来了，才能办更多的事儿。在这其中，结识志同道合的志愿者伙伴，成为很好的朋友。也许在这个群体里，每个人诉求不同，但归属感以及纯粹的友谊，是在的。

说起理想和现实。她说实际上很多公益组织的工作是琐碎且平凡的，办公室文字工作，很多细节的沟通，很多繁杂的会议，可能收入也没有那么丰厚。人的力量是渺小的，也有不少险恶，需要一代又一代人的努力，但起码在这个过程中可以成为一个更好的自己。

我们喊她朱老师。课上建了面对面微信群，她的微信也加了。课后关注她的朋友圈，因为是全职公益的关系，朱老师平日里与团队要奔赴几个乡镇、多个社区，组织各类公益活动、项目，忙起来时也会采购物资、布置会场。周末的行程安排得很满，尤其是亲子类活动比较多，她接触孩子们比较多。

　　有段时间，我对以后从事的工作方向、现实与理想有点纠结和迷惘。原本觉得她可能记不得，直接聊起会比较突兀，但没想到她耐心地倾听，分享自己职业道路的选择与心得。记得那天我跟她聊了很多，来来回回在微信上打了好几千字。最后她分享了一首诗给我——《未选择的路》。

三山半落

090

　　　　黄色的树林里分出两条路，
　　　　可惜我不能同时去涉足，
　　　　我在那路口久久伫立，
　　　　我向着一条路极目望去，
　　　　直到它消失在丛林深处。

　　　　但我选了另外一条路，
　　　　它荒草萋萋，十分幽寂，
　　　　显得更诱人，更美丽；
　　　　虽然在这条小路上，
　　　　很少留下旅人的足迹。

　　夜深人静时，细细琢磨前辈的话，翻看她推荐的书，加深对自己的了解，心也静了下来，也坚定了自己当初的选择。工作比较忙，只能在闲暇之余做志愿者。我很佩服全职公益人，他们全身心都扑在上面，聚集有着相同信念的人们，为同一个目标而努力。

后来联系得少了，但她还是有着不似那般年纪的棱角，尚未被磨去，当一些不符合自己价值观的言论和做法呈现在眼前时，总是自省，总是直面。她的孩子，是读初中的年纪，不知是不是潜移默化的关系，她的朋友圈里，孩子是相对独立的个体，给予引导及鼓励，孩子自身的表达带有一种谦和。

孩子今年要初中毕业了，她送了一块刻着"温润如玉"的玉给孩子。她告诉孩子，生活中对人对事多一些理解和尊重，给别人力所能及的帮助，换位思考多包容，也许没有实质回报，但是通过帮助别人感受自己的价值感和存在，最终会带来内心的愉悦和平静。

朋友圈里，不少是社区社工，忙起来加班也是常事，因此活动很多就放在周末。各种亲子活动很受家长和小朋友们的欢迎，参与度也比较高。

小报童卖报。社区印的报纸，报纸上主要是小区孩子们的作文、活动简讯和照片、知识小贴士等，很受居民欢迎。周末，孩子们穿着定制的邮差马甲，戴上邮差帽和斜挎小邮包，每人手里捧着十来份社区印的报纸，一块儿叫卖。去社区小超市，坐在树边聊天的奶奶们买一张传着看。放学回来的大孩子，省下一块钱零花钱，买一张报纸。去麻将馆，大人们默契地停下手里的动作，一人一张看起来。有的孩子比较腼腆、胆子小，在家长和社工小姐姐的鼓励下，慢慢就熟悉了，还当小队长，带着刚来的孩子们在小区里兜。

画井盖。小区里，每隔十来米就有一个个暗灰色的井盖。孩子们和家长穿着亲子围裙，戴着自制的小纸帽，每家负责一个井盖，蹲着画画。先是构思，哆啦A梦绿色家园、太阳与花，自由发挥。还有孩子手上涂着颜料，往上头用力一按，用五彩的手掌画出孔雀。画完，身上都脏脏的，家长身上也是五颜六色的，物业工作人员们为他们记录下这一刻。再走到小区，生动可爱的井盖像是在讲述一个个童话故事，小区增添了不少爱意。

组织活动。早上八点，请菜场的大爷来磨剪刀。早早的，奶奶们就提着菜刀、剪刀来排队，放在地上排一排，像孙子孙女们放着书包排队一样，都盯着看着，没人插队，井然有序。

给老人们量血压。与医院的护士志愿队约好时间，叮嘱老人们前一天空腹来，量血压、测血糖，一传十、十传百，次次来的人都不少。有位陈大爷热心肠，把记录的活揽过去，问每位老人的名字怎么写，然后记下测出来的数字。有刚运动好来测的老大爷，血压高得吓人，周围的大爷大妈都说年纪大了，要当心点，待会儿再测下。

每逢节假日，还有包粽子、做汤团的时令活动，叫我们的节日。提前采购好物资，肉腌好，叫上热心居民、孩子们、楼道长们一起热闹热闹，会包的教不会包的，有大锅的自告奋勇负责煮，社区工作者兼带拍照。煮好放在一个个塑料盆子里，分发给小区里高龄的老人们。虽分量不重，但心意到了，老人们总是说着感谢。

上周末，朱老师又组织了两个亲子活动。她感叹说接触的社区里最积极付出的志愿者，他们的孩子都是相对优秀的一拨，和同学相处相对愉悦的一拨，无一例外，回到生活中也是随手助人。

想起丰子恺的画，孩子将桌子的四个桌脚都穿上鞋子，有着一份待物如我的同理心。日常的细微，在他的笔下点染出趣味来，如有蚂蚁搬家，得其所哉、得其所哉，衣冠之威。那时只品得一二，觉得孩子甚是可爱。现在再品，更可爱的倒是这位父亲了。他说，你若爱，生活哪里都可爱；你若恨，生活哪里都可恨。既然无处可躲，不如傻乐；既然无处可逃，不如喜悦。

寻得一份内心的笃定，像肆意飞舞的樱花，不管不顾了，到了，就只顾开最美、最盛的一季。

暗 恋

　　只缘感君一回顾，使我思君朝与暮。回眸时的浅浅一笑，荡得人心漾起波澜。自此，心心念念，待朝阳升起，望晚霞漫天。

　　暗恋，是一个人的内心戏。不知何时起，心里埋了颗种子而不自知，直到某天淋了雨、发了芽，一点一点破土而出。雨中翻滚着数不尽的相思与忐忑，欢喜与忧伤，说出口的，却不过是你好、再见。

　　小时候的我们，暗恋一个人的理由常常是那么简单，也许是路过课桌时捡起的一块橡皮，也许是越过肩膀关上的一扇窗，也许只是因为作业本上的名字写得很好看……

　　大致都有过这样的时刻，明明是自己偷偷喜欢别人，却一转头，总觉得对方在注视自己，清澈的眸、悸动的心、绯红的脸。而表达喜欢的方式，是可爱又可笑的，拉那个女生的马尾辫，拿走谁的作业本写上自己的名字，或者是假装不经意的，把橡皮扔到地上，只是为了前桌的她捡起来后，一脸懊恼的表情。

　　《秒速五厘米》中，澄田理一理自己的头发，深呼一口气，只为了站在他的面前，憋出一句：远野，今天来得也很早啊！嗯，再见远野。

　　附上一场无尽且甘愿的等待。在街角徘徊许久，从天亮等到太阳下山，她抱着书包等在他取车的拐角。不过是常有的落寞。默默看着手机屏幕打在他侧脸的光，映出嘴角的弧度，多希望这是因自己而生的微笑。

　　不管暗恋，还是什么，旁观者问得最多的，就是后来呢。无非是抿着嘴笑笑过去，说不出什么，因为本来就没什么。走一遍她走过的路，吃一块她爱吃的饼干，望一眼她离去的背影，就已心生波澜。继续把起伏的心情，写在日记，埋在深夜。

可寂静又敏感的夜，是很容易打开心扉的，比如大学时代的卧谈。有时兴起合唱，也会说一些很少提及的往事。不经意间提到的一个名字，都能被舍友捕捉到话语间的停顿。

独自绽放的暗恋，却鲜有外人知。从一瞥，到喜欢，到茫然若失，再到释怀。有时候自喜欢上一个人开始，就已经失恋了。没有牵手，没有拥抱，而可以放在心上好久好久，直到完全不再交集，像两条相交过的直线一样。

歌里唱：我们的爱情，像你路过的风景，一直在进行，脚步却从来不会为我而停。给你的爱一直很安静，来交换你偶尔给的关心，明明是三个人的电影，我却始终不能有姓名。

正午的阳光洒下来，在街角相遇。

你好啊，真的不再见了。

火 车

在站台等车，对面的绿皮火车缓缓驶出。

嘶哑的汽笛声后，一串铁轮与铁轨摩擦的声音，将她带回那段远行的岁月。

多年前，到另一个城市求学，得坐二十多个小时的绿皮火车。没有同行的伙伴，没有多余的行李。走到月台，鲜艳的墨绿色铁皮带有一丝复古质感。

车上有一股不浓不淡的烟味，夹杂着一些浓烈的蒜味，宝蓝色的窗帘挂在已经暗暗发黄的塑料挂钩上。楼道里没有空调，只有几台挂壁电风扇吱吱转着。

电风扇力道小，乘客们大都拉开车窗，一路上风声呼啸，山川、人烟，一晃而过。快到饭点，乘务员推着饮料、方便面，边推边问："饮料、方便面来了，有谁要吗？"

火车上的人们，大都是外出务工，还有和她一样外出求学的。有的扛着蛇皮袋，一根扁担串着，有的背着书包，插着耳机看书。人们尽情地说着各自的家乡话。

她很少搭话，习惯坐在靠窗的座位上，听着那沉闷的"铛铛"声。多数时候就摆出一包零食，手里握着手机和矿泉水，望窗外。饿了就起身找热水，泡一桶红烧牛肉面。

乘的次数多了，她俨然成了一名老乘客。快速地找到自己的座位，精准地计算到达时间。也会与短暂遇见的同乘者聊天。一位抱着孩子，从南方去北方的大姐坐在对面，说自家地里种高粱，酿出来的酒带劲儿。这次回娘家，让家里人看看娃。一位扎着马尾、拖着大红色行李箱的女生，笑着说毕业了，打算去北京闯一闯。

到点了，一起泡泡面吃。滚烫的热水落下，调料包的香气腾空而起，将叉子利落固定在盖子与碗沿之间，默契地一同等上几分钟。在恣意钻入鼻腔的香味中，互相短暂宽慰。相同的起点或终点，下车后各自奔赴忙碌的人生。

短暂的四年一晃而过，她毕业了。与远行的人们一样，她背着简单的行囊，回头看一眼那熟悉而又逐渐陌生的山、水、路、人，就头也不回，匆匆地汇入了茫茫的北漂人群当中，月台上重复的情景延续了三年。

她有幸见证了五道口列车的最后一趟。"行人车辆请注意，火车就要开过来了，请在栏门外等候，不要抢行，不要钻栏杆……"这一次，大家都异常耐心，还有不少大老远跑来摄影的人们。静静地等待，火车一如既往快速驶过，上面的乘客有的站在窗口看外面，有的趴在上铺睡觉，有个小女孩戴着红领巾，向外面的人群挥挥手。最后一班驶过，喇叭喊出了一声："五道口再见！"

再次路过，两股火车道已成了废弃的模样。原先雪亮的钢轨变得锈迹斑斑，四周多了些许杂草和不知名的小树，使原本通畅的铁路变得若隐若现。而在其上散步的人儿，一定有过许多酸甜苦辣吧。

她无数次往返于他在的那个城市，动车票、普通卧铺票、硬座票，可多年过去了，彼此的生活始终没有交集。而她的火车票，却存了厚厚一叠。

更多的时候，无数人在火车上只能擦肩而过，过着自己独有的生活，不再碰面。

那些年，那道绿色渐渐老旧，可那些记忆，粗糙却浓烈。

第三辑　长相守

风　筝

　　照理十二月的南方，湿冷，再加上北风，关了门还能从门缝里大摇大摆地闯进来，刺骨得很。可今日这风却是慢悠悠往背上爬，倒挠得骨头轻飘飘的。

　　每到这个时候，环湖边的大草坪就极受欢迎。一到周末，有不少带着小孩子、一家好几口来搭帐篷、野炊的，前一秒还是偌大的空草地，不一会儿这儿扎一小堆人、那儿扎一小堆人，很是热闹。

　　有小贩绷着一根大粗绳子，脚边音响放着"喜羊羊美羊羊懒羊羊……"，眯着眼，盖着凉帽，半躺在草坪上。各色各样的风筝串在一起，时不时飘起来，又落下去，甚是有趣。

　　"爸爸，再高一点，再高一点点！"小女孩涨红着脸，指着空中的风筝跑着、跳着、叫着。

　　"燕儿，放心，爸爸最会放风筝了。""喜洋洋"迎着风，就这么来回打着转儿，尾部的两根彩带一通上下左右乱舞。

　　"啊，爸爸，风筝要掉下来了！"女孩跺着脚，双手用力，推着爸爸的屁股，迎着风跑起来。一旁，在垫子上坐着的女子捂着嘴笑。

　　她小时候也喜欢放风筝。

　　家后头是一个大门紧闭的机械厂。厂子倒闭后，父母去了外地工作，过年也不常回来，她习惯了跟自己玩。她最喜欢在起风的时候，在空地上飞奔，看着风筝飞得高高的，仰着脸望天、望风筝，出一身汗，累了，晚上就能睡得香些。

有一次，风筝被刮到机械厂里头，她又是折树枝、侧身钻，又是伸手抓的，但怎么也够不着。她使劲扒着门缝，眼巴巴盯着落在土里的风筝，手上、衣领子上、裤腿上都落下一片一片不规则的铁锈印。

这风筝，是她的宝，父亲出门前特意给她做的。她还清楚地记得那个起风的日子，父亲去李二爷家讨来竹料，用小刀磨了很久很久，再扎紧，糊上纸，描红，是最最普通的样式，迎着风却飞得很稳当。

父母离家后，她就把风筝靠在桌子边，考一个 100 分，就画上一笔。父亲说了，只要画满，他们就回来了。

这时，风筝被一只手拿起来，从门缝里伸了出来。

她伸出沾满铁锈的手，愣了愣，接过。门缝边响起一声轻轻的笑声。她回身便跑。跑出去好远，缓一缓劲，手往衣服上蹭了蹭，又蹑手蹑脚走回去。她眯着眼睛、透过缝看，一个和她一般大的男孩正抬头望着天，又忽而看向门缝，那是一对明亮、友善的眼睛。

她后来再没遇到这个男孩。

大一些，上学了，体育老师让带着风筝上课。她的宝贝风筝磨损得厉害，飞不起来了。

那个喜欢她的男孩子攒着零花钱，去小卖部买了一只老鹰风筝，装作酷酷的样子，一把塞她手里，旁边传来同学们"哦"的声音。她红着脸，把风筝推到三八线那头。

放学了，"老鹰"又静静躺在了她的桌兜里。

她看向他。

他羞涩笑笑。这个风筝，她也保存了很久很久。

她后来也没再遇到过他。

后来，她工作了，谈了一个对象。

一次约会，正好看到有卖风筝的。男生说他特别会放风筝，可绕着草坪狂跑了几大圈，风筝愣是没飞起来。

"说好的会放风筝呢？"她假装生气的样子问。男生挠挠头，笑了笑："今天风向不太对，下回再试试。"

他们回去的路上有一片草坪，一个穿着蓝色工作服的父亲带着小女儿正在锄草。小女孩大概五六岁的光景，看到他们，便松开手里抓着的一把杂草，直勾勾盯着风筝。

男生弯下腰，把风筝递给小女孩。小女孩看向除草的父亲，父亲点点头。女孩懂事地笑笑："谢谢哥哥、姐姐。"她捧着手里的风筝，跑跑停停、起起落落，嘴里说着飞呀飞呀。

风很柔，他们走在春风里。回头看，一大一小两个身影朝这边挥着手。她觉得暖洋洋的。

"妈妈，你看呐，风筝飞得高不高？"燕儿问一旁的女子。

她看着冒着汗狂跑的男人和孩子，莞尔一笑，心想这么多年了，还是老样子。"别跑太疯了，出汗容易感冒。"一边从保温袋子里拿出早上做的面包、切好的苹果，整整齐齐放在垫子上。

跑呀跑，走啊走，冬天就这么过去了，日子也就这么过去了。

她抬头望天，风筝啊，飞得再高些吧。

棉花被

夜深了，大楼里的格子间光与影交错，亮得人望不见星星，亮得楼下一排排樱花树没了影子。

小珊看一眼手机，正好十二点半，打开滴滴，显示附近没有车辆，只得一路小跑到公交站台。风肆意迎来，她打了个寒战，单手扣上格子西装，可风还是不留情地从脖子里灌进来。

老话说，春捂秋冻，果然是有些道理的。

坐上夜班车，她把脚后跟往高跟鞋外提了提，脚尖一下子轻松了不少。打开微信、戴上耳机。早上她发了一张同事们戴口罩的照片，这会儿才有工夫一个个回复。

滑到母亲的留言，写着："珊珊，换季容易感冒，晚上冷的话把棉花被盖上。"

小珊拍了下自己的腿："忘记分组了。"她的手指来回按了按，又点儿下删除键。放下手机，望着窗外和玻璃上照出来、妆掉了大半的自己入了神。渐渐地，耳机的音乐声越来越远。

砰一下，头狠狠地撞上了玻璃，不知何时睡着的她被撞醒了，随手揉一揉头，又抵着窗户睡着了，一会儿又被撞醒。来来回回，直到睡意走光，也终于到了终点站。

到了终点站，还得再走上十几分钟的小路。小路上，有小贩背靠着卡车，晃着剥掉皮的菠萝，喇叭里叫着"十块钱两个"。有一对中年夫妻，推着小推车做台湾手抓饼。几个小青年坐在小布凳子上，大声吹着牛、吃着里脊肉。踩着高跟鞋，吹着冷风，这一路走着，她倒觉得格外轻松。

大概是鲜活的烟火气吧，或许她一直未曾留意。

到了合租房，她把文件袋、包扔到房间柜子里，弯下腰，撕掉脚后跟的邦迪，把莲蓬头对着红里夹着白的脚尖，冲了冲。换上粉红家居服，不一会儿又觉得有点冷，摸了摸暖气片。这才想起来，舍友白天发消息，说暖气坏了。

"唉。"小珊轻叹了一声，转身打开床头的小台灯，翻出一条棉毛裤裹上，小心翼翼一只脚、再一只脚放进被子里，过了好久还是凉飕飕的。苦恼了好久，还是鼓足勇气从被子里拔出来，光脚踩在凳子上，把收在木柜子里的棉花被给找了出来。

呼啦一声，大碎花被子平展在床上。还好前段日子搬家的时候，随手把被子在太阳底下晒了晒，这会从袋子里掏出来，没觉得有什么味儿。

她将棉花被左右两边各折进去些，再将后头往里一折，像个布袋子似的，仿佛这么一来能睡得踏实。折好，钻进去，最开始自然是有些凉凉的，不一会儿，棉花被里的热气就聚拢了，那叫一个暖和啊。

算起来，这条棉花被也伴着她走过十多个年头了。十多年前，她读初中，得坐最早一班的大巴去镇上的学校。早上四点半从村里出发，才能赶上早课，放学到家，天也早就暗了，有时她写着写着作业，就趴着睡着了。母亲舍不得叫醒她，却又不得不叫醒她。一个月不到，她的小脸越发没肉了。

一天放学，母亲拉着她走了很远的路，到了一个小巷子，神神秘秘地打开一扇门，只见一条熟悉的棉花被齐整地放在小床上。就这样，三年、七个平方米，母亲开始了陪读的日子。

每天放学回家，母亲做好晚饭等她，有时会给她做最爱吃的糖藕。

晚上，她在窗台上写作业，母亲一边打着毛线袜，一边给她焐被子。到八点，就会从暖和的棉花被里拔出来，给她削个苹果吃。

她写好作业，洗漱好了，母女两个就窝在小床上，盖着棉花被，说着悄悄话，有时会开玩笑、互相抢被子盖。第二天早上，送完她上学，母亲简单收拾收拾，就去附近厂里找活干。慢慢地，她的小脸圆润起来了。

五年前，她要去北方上大学，母亲看天气预报里的北方，冬天大雪飘飞，常是零下，怕打小在南方的她受冻，特意去街上翻新了这条棉花被。

她清楚地记得那一天，本来是计划要和同学出去玩的，结果被硬拉着去了棉被店。那是家老店，做棉花被的是一对中年夫妇，戴着口罩和白色套袖，一旁的棉花机噔噔噔不停转动着，旧棉花蓬松、翻飞起来，像是活起来了。压棉、牵纱、揉棉，再经过多次碾压，一条暖暖的棉被就在母亲手里了，她噘着嘴，木在一旁。

就这样，她带着这条棉花被，在母亲不放心的目光里，独自乘上北上的绿皮火车。车轮哐当哐当转动，连着二十七个钟头。一路上，她雀跃得像一只小鸟儿，直盯着窗外飘过的景，透着无限好奇，仿佛已将那一片旧土地抛之脑后。

四年大学，这棉花被其实她只盖过一次。一直在南方长大的她，第一次知道暖气的存在，盖着五斤重的棉花被，半夜硬是被热醒。第二天这条棉花被就被打入"冷宫"了。

母亲打来电话，还总是不忘叮嘱她："天气好的时候要多晒晒棉花被啊，才睡得暖和。"她总是不耐烦回道："有暖气，用不着盖。"电话那头："什么是暖……"话音未落，她就挂断了电话。也许，要不是今天暖气坏了，估计这棉花被要继续被遗忘。什么时候与母亲不再像朋友一般，她也不记得了。

这个晚上，她裹着棉花被，做了好几个梦。

梦见小路上有卖雪糕的，三轮车上盖着棉花被，小哥骑得飞快，去隔壁送货。她拿着攒下来的一块五毛钱，追着三轮车跑，捧着三色杯心满意足地回家去。

梦见幼儿园中班那个小男孩睡午觉的时候，总是抠她棉花被里的棉花。后来她觉得也挺好玩，就一起抠，藏在被单下面，两个人拉钩上吊一百年不许变，许下谁也不能告状的"神圣"诺言。过了没几天，阿姨来换被单，只见一片片棉花像下雪花片子一样，洒落下来，好看极了。

梦见去年过年回家，母亲说："累了的话，就回家吧。"她不耐烦地关上房门，瞥见门缝里母亲落寞的神情。

早上的闹钟响了好一阵，她才从热气腾腾的棉花被里挣扎着起来。打开微信，小珊点开母亲的留言，回复道："老妈，还好有棉花被在身边，超级暖和！"

她顶着有点笨拙的妆容，手里拎着手抓饼，踩着高跟鞋，略显费力地挤在公交车里，只听见手机滴的一声。"你自己当心，我们就放心了，你一直是我们的贴心小棉袄啊。"

她望着玻璃上照出来的自己，鼻子一酸，笑了。

剃 头

凌晨五点半，天刚泛起亮光，从不用闹钟，老任就会自然醒。

左边有点凹进去的小铝锅里，温上一锅白粥，往筷子筒里抓出一双木筷子，就着陈年腌的萝卜条，舒坦地吃上两大碗。吃完，坐在长条凳上歇一歇，听会儿收音机，再利利索索收拾停当，锅啊、碗啊，洗干净了又重新放回铁架子上。

墙上钉着一面绿色带花的方镜，不怎么亮堂了，模糊的纹路照出来的人也是模糊的。老任对着镜子哈一口气，用布头擦一擦，打开水龙头，蘸点自来水，捋一捋头发丝儿，放下木梳，习惯性抿一抿鬓角。

老任师傅的一天，开始了。

一手拨开木栓，移开半扇木门，挥动自己做的布棒子，扫一扫剃头店招牌上的落灰。老任抬头望天，这夏天的清晨，是亮得越来越早了，这会儿才听得有鸡叫，角落里的铁壶早就呼呼冒着热气，直叫唤。

前屋，一把可以转的椅子，黑色软皮的，一套老式剃头工具齐齐安放在桌上，一个大钢盆，架子上几块蓝白夹色的毛巾，几条围兜，东西不多，倒也齐全。

"老姜，来了啊。"

"是啊，吃了吗？"老姜进门，一边和老任打招呼，一边把茶杯放下，一把提起铁壶，把热气腾腾的开水，慢悠悠倒进放着的红色热水壶里。

"老任你看，我闺女给我买的茶杯，上头可以搁茶叶，来来来，你

三山半落

来看看。"说着，老姜把茶杯顶端拧开，青色的嫩尖儿茶叶果然在里头放着。

老任把茶叶抓起来，嗅一嗅，春茶的清香钻进鼻子里。嘬进茶杯里，给老姜倒上热水，点点老姜，笑道："你啊，有个好闺女，好了吧。"

茶叶尖子慢悠悠往上飞，老姜心满意足地拧好杯子，装进大小正好的布兜里，像捧个宝贝似的，抱在怀里，也不嫌烫手。

说话间，其他几位老主顾也来了。

"老姜，你倒是回回来这么早啊。"老李头这脚刚踏进来，招呼声先到了。

"是啊，我这头在这儿剃了大半辈子了，再说这招牌可是我写的，可不得常来吗？"老姜用手挠了挠脑袋，"最后一回啊，也得在这剃，老任你说对吧！"

"打住老姜，你还是爱瞎开玩笑。"老李头摆摆手。

老任戴上墨色的皮袖套，指了指软皮座，示意老姜坐下，拿一块有点泛黄的围兜系在老姜脖子上，两个夹子在后头一夹，严丝合缝的。

"我这头，好剃吧。"老姜对着自己的脑袋，竖起大拇指。这头，光溜溜的，是好剃，只要把长出来的小头发刮了就行，统共也就十来分钟的生意，可老任从不马虎。

老任往大钢盆子里倒上热水，毛巾浸湿、拧干，往头上一滚，脸上顺势带过。一旁的皂粉用圆刷画圈打出沫，来回抹到头上、脸上。

老任顿了顿，抓起一把剃刀，好戏开始了。脸颊、胡子、下巴，同一把剃刀，老任手起刀落、上下翻飞，沫太多了，就用手指肚轻抹一下刀锋，不出几分钟，脸上一下子清爽了不少。

"老姜，你这是年轻了十几岁啊。"老李头在一旁嗑着瓜子，笑道。

"可不是，老任这几十年的手艺，就是牛！"老姜把手从围兜里掏出来，微微侧过身子，竖起大拇指。

老任话少，剃头的时候顶多笑笑，是不搭话的。只见他换上一把宽点的剃刀，开始推头了。老姜留了好几年光头了，小头发长出来也不多，可剃个光滑的光头却是极考验剃头师傅的功夫的。

刀细细扫过脑袋上的每一处，动作不急不躁、轻缓极了，与刚才仿佛是一静一动，皆有招式。

不知不觉戏快结束了，人却入迷不知。

钢盆里的水有些凉了，老任往里添上些热水，毛巾拧得半干，往老姜脸上、头上一擦，热气儿直往上冒，细碎的小头发连带着泡沫，都被抹得干净。嘿，那叫一个清爽。

这年头，也就是老主顾们会来老任这里剃头了，年轻的要么出去打工了，要么就去新开的发屋染啊、剪啊，花样多了去，所以老任这店倒像是老一辈喝茶聚会聊天的地方。

日头好，店里没人，大家就把长条板凳搬出去，嗑一把瓜子，喝喝茶，互相吹吹牛，打打趣。老任话不多，参与的不多，只管铁壶里一直热气腾腾的就好了。

这日子说快也快、说慢也慢，突然天就发凉了。

一天，老任照常移开半扇木门，眼睛扫过对面，仔细一瞧，门上画着一个白漆写的大大的拆字，他走去对面，回看自家的木门，上面也是这么一个拆字，剃头两字的招牌上还挂上了几丝白漆的痕迹。

老任顿了顿，依旧拿起布棒子，扫了扫牌子上的落灰。

冬天，怕是要来了。

水还没开，老姜就来了，他取下头上戴着的深褐色毛线帽，嘴巴呼着热气，把茶杯一放，一屁股坐上软皮座。

"这天，还出门啊。"老任从抽屉里翻出围兜，说道。

"我这头，肯定得你剃啊。"老姜笑笑。

不知是老任手哆嗦，还是老姜人哆嗦，这行云流水没有以往那么畅快。结束了，老姜对着镜子左右照照，来回摸着头，光溜得很，竖起大拇指。这回，没坐上多久，老姜咳嗽两声，就收拾收拾，招呼一声，戴上深褐色毛线帽，慢悠悠回去了，手里抱着茶杯。

最后一次见老姜，隔了不到一个礼拜。躺着的老姜，精瘦，头光光的。老姜闺女穿着白衣，无力地靠在一旁，说是他得了治不好的病，说走就走了。

之后很多年，老任一直记得那个竖起的大拇指，那个戴着褐色毛线帽走远的背影。

又是一个五点半的凌晨，老任自然醒了。他一手拨开木栓，移开半扇木门，踏出门来，又移上木门。顺手，扫了扫牌子上的落灰。

老任的一天，开始了。

野

阳澄湖，大片的绿草地衬着，湖面闪着丰足的粼光，宽阔的湖中小船时而摇曳而过，游客如织，闻名来吃大闸蟹、野生河鲜。绿地上、马路上，湖上的蟹舫、蟹庄，未到金秋，却早已是人来人往。

初夏，人容易犯懒，不想去看商场里繁复的商品，附近的景看得多了有点腻，再远的地方周末去也累，开车个把小时的阳澄湖最适宜，没有目的地逛上一逛、松动一下，舒服极了。

走累了，可以租一辆自行车绕着湖骑行，边骑边看景。当地的两三层民房，清一色白墙黑瓦，几个老大爷聚在一起看下象棋，奶奶们坐在家门口择菜。好几对身穿婚纱、礼服的年轻人在湖边摆姿势拍照，还有架着三脚架，拍直播的当地网红。时不时地还能看到小羊们自在地啃着青草。不少自驾车把车辆停在路边，父亲们把车上的装备扛下来，找阴凉地搭个帐篷，母亲们牵着小孩子去和小羊们玩耍。

路过一个农家市场，说是市场，实际不过是一条小路两边十来个摊头聚在一块，是些卖鱼虾、卖螃蟹的渔家，摆着大鱼筐、大水盆，周围散发着鱼血的腥气。

一个骑着自行车的中年人，背着个旧挎包，骑近了。右脚抵着地面，停下车，低头探身，盯着盆里的每条鱼看，挑上一条新鲜蹦跳的野生鲫鱼。渔家抄起网兜，眼疾手快地捞起，稍稍沥去带起的水，熟练地将袋子反过来，往网兜里一掏，顺势一提、一称。鱼尾巴翻腾得厉害，渔家擦一擦溅到的带有腥味的水。他接过零钱，跨上车骑远了。车把上红色的厚袋子，不时扑腾着。

有需要直接处理好的，渔家就三下五除二地去鳞、去鳃，轻轻一划清理出内脏，一番行云流水的操作下来，汗也冒出来了。往盆里舀些水倒手上，一搓、一甩，继续敲着肚子，扇扇蒲扇，唠着嗑。

不远处的草坪上，零零散散几处人影，有蹲了半个钟头，慢慢挪动，手一张一弛的，也有猛一下子挺起身，一只手反手捶腰，另一只手里拿着帽子，扇风的。

大约是在采野菜，这场景很熟悉。乡下有一小块地，也是临湖，爸妈闲着没事就去种种菜、浇浇水，到了长好能吃的时候，就大清早驱车去地里采摘一拨最新鲜的味道。到了晚饭，桌上多是一盘盘纯天然的蔬菜，炒茄子、莴笋炒蛋、凉拌黄瓜，你一筷，我一筷，清爽、鲜嫩。

而野菜，讲究的就是这个野字，不是寻常人家种的，得费心思找啊、看啊、挖啊。周末，两个人提着篮子、铁制剪刀、小铲子，弯着腰找野菜，操场、田地、路边，找得不亦乐乎。金花菜、枸杞头、马兰头，找到最多的是荠菜。荠菜是最早的报春菜，诗句有云："城中桃李愁风雨，春在溪头荠菜花。"它大多长在田野墙头，匍匐在地上，像把张开的小绿伞，叶表一层细细的茸毛，有点淡淡清香。

有的野菜是吃不得的，长相又像，因此篮子里一小团，看着少，但也要找上个把钟头，挑花了眼。有时挑着挑着，结识些同样寻野菜的爱好者们，聊哪里野菜多、哪里已经被采了，竟有种志同道合的感觉。弯上腰好一阵，酸得直不起来，不过依旧乐此不疲。

满满一篮子的荠菜，有时还沾着晨露。

回到家，把鲜嫩的荠菜洗净剁碎，菜刀上残留着它独有的草涩味，无须复杂的烹饪调味，稍稍拿醋一拌，都是不肯停筷的鲜味。多的荠菜，和肉、香菇拌到一起，包几大盘荠菜馄饨、荠菜饺子。现包现煮，撒一点盐，挖一小勺猪油，撒上一点醋做蘸料，那叫一个鲜香。多的许多，就装在一个个保鲜袋里，放到冰箱冻住，家里一周的早饭就齐活了。

走远些，一整条街都是农家乐，河鲜更是主打特色。到了饭点，选一处人看着多些的店，门口一位穿着蓝色碎花半袖、围着白色围裙的老奶奶拿着菜单招呼，落座。

菜没点，店家先上一壶大麦茶，透明的水壶衬着土地色，倒于杯中，还可见几颗饱满的大麦沉在壶底，离近一闻，满满的乡土气息，不很精致，也不很大气，只是握着杯子，淌于口中，心里觉得舒服，就像是阳光下的一缕清风，凉爽而又惬意。

菜单很简单，双面塑封，名字也没那么花里胡哨，一看就知道是什么食材。点了几个家常小炒，酱爆螺丝、韭菜炒蛋，想着阳澄湖，河鲜有名，肯定要来一条鱼。店老板是个热心肠，说"这鱼啊，得清蒸才能保留它最新鲜的味道，红烧的话味道就差点意思了，信我准没错。"一桌人笑笑，好，就来条清蒸鳊鱼。

晚饭点，上菜挺快，有的是店老板自己端来。他推门而入，只是笑笑把菜放在桌上，不一会儿清蒸鳊鱼也上桌了。葱一条一条盖在鱼肚子上，几片姜散开，鱼皮闪着银光，不油、不腻，一筷子下去，肉质细嫩，白净极了。一桌人吃得很欢，没有觥筹交错，只有玩笑欢乐，仿佛是儿时聚会一般随心随性，自在得紧。

"远来是客，送你们一道小菜，是刚刚从自家地里采的，你们尝尝。"进门的老奶奶说，"这个啊，在城里吃不到的，多吃点。"

吃罢，卖鱼一条街，渔家们也收摊了，地上偶见水渍，空荡荡的路上，空气里余留着淡淡的腥味，仿佛一切恢复到日初时的模样，草坪上也没有了找野菜的身影。

黄粳稻熟坠西风，肥入江南十月雄。分别时，与好友相约，等入秋，再一同来阳澄湖赏秋景，品大闸蟹。

望湖心，日头下去了。

爆糙米

风呀，一缕一缕，温柔、和顺，掠过路边女子娇嫩的肌肤，掠过公园池塘里悠游的鱼儿，带起浅浅的一条条水纹。街角的电线杆子，鸟儿扑闪着翅膀，端立在上头，从一处蹦到一处。

之前的单位走过两条街就是镇中心，门口朝着两个老小区，两排大树大约有五层小楼那么高，冬天挡风，夏天遮阳，大有闹中取静的感觉。往西走十几米，有健身设施，跷跷板、单杠、双杠都有，孩子们、大人们也多，有小区老大爷穿着专业健身衣，活动活动筋骨，轻巧一跃，引体向上十来个轻松搞定，脚钩住双杠，身子往下一伸，仰卧起坐几个连着做，不带喘，旁人看得一愣一愣的。

处理好手头的活，天气好，想着去交老年活动室的电视费，步行去也不远，就当锻炼了。巧了，一出门就见不远处一群人围了个圈，还有坐在父亲肩膀上探头张望的孩子，不禁凑上去看一眼。

原来是正在摆摊子爆糙米的大爷。他穿着一件军绿色外套，解放鞋，白色旅游帽，正忙着连轴转，和旁边的老式爆糙米机一样。用的器材模样和小时候差不多，灰色麻口袋连接着黑色的椭圆形桶。三轮车上有一袋米，大爷舀一勺，米粒呼啦啦跳进去，盖上盖子，架上火烤，来回这么转啊转。一双双小手捂紧耳朵，眼睛眯成一条缝，嘴巴微微张开。

遇上儿时的物件，不自觉欣喜起来。以前最早的时候，小贩推着车子走街串巷，大声喊"爆糙米花了哦！"孩子们一传十、十传百，央着大人们去买。那会儿得自己提供原料。晃着奶奶的手，发出无辜的眼神，奶奶食指抵在嘴上，嘘一声。打开米桶盖，用深色布袋子兜上几勺米，加上白糖，一点猪油。去得晚，二十几个小袋子早已排排坐，默认的传统是挨家，这些是谁家的料，爆出来的就是谁家的糙米。

　　有了原材料，小贩只收加工费，一两块钱的样子。手心攥着皱巴巴的零钱，眨巴着眼睛期待结束时的一声巨响。女孩子们害怕地捂起耳朵。男孩们其实也害怕，但壮着胆，砰的一声，人一哆嗦，大声欢呼着，声音盖过刚才的巨响。排在后面的孩子只好眼巴巴看着小贩把白嫩、软绵的糙米装进袋子里，递给前面排队的孩子，口水直咽。

　　孩子们可等不及带回家再吃，扒拉着装着糙米的袋子，抓一把来吃。其他孩子羡慕极了，只祈祷着自家的糙米糕快点轮到，快点做完，好一饱口福。调皮的孩子们，常是等不到完全凝固，就先拿起来吃了，黏了一手，甜丝丝。

　　和大爷唠上两句，现在可不一样了。米都有好几种，紫米、黄米，还可以加花生、黑芝麻。可不，之前出的第一大筐，十块钱一袋，没到半个钟头就卖干净了。只有几颗零碎的糙米，安静地逗留在一旁的篓子里。

　　十来分钟的工夫，第二筐要出炉了。随着手柄的不断转动，米花机的腹部飞快旋转，压力计的指针快到点了。大爷吼上一声，都退开，要开咯。他把炉子的另外一头对准网兜，脚踩住，砰一声，那鼓鼓肚子里的米瞬间钻进了一个黑乎乎的长袋里，袋子的另一端紧紧扎住。整个袋子鼓鼓的，冒着热气香气，前一秒看着脏兮兮的黑袋子，莫名显得好看了。大家伙被爆炸声惊得四散而开，身体不由自主地往后退两步，继而互相笑笑，又聚了过去。

　　一锅爆好的糙米，热乎乎又出炉了。两三分钟后，热气逐渐消退，打开袋子，只见白白嫩嫩的米花，冒着热气，煞是可爱。大爷直接抓起网兜，利索倒进四四方方的木筐里。糖浆架在炉火上加热，手拿着勺子搅拌，上下提溜，变成浓稠的糖浆。糖浆和爆好的糙米搅和均匀，干爽的糙

三山半落

米结在一块，软乎乎，拿一块木板往下压实、匀开。等上个十来分钟，冷却成型了。手拿着铲子，横五道竖三道，齐齐整整的糙米糕就好了。

清香散布于空气里，甜丝丝的，却不腻。不过这一回买的少，看的多。几个七八岁大的男孩子，一个个直勾勾盯着转的机子，像是见了什么神奇的玩意儿。

说起来，其实不是特别爱吃甜食，但有的食物是带有温度和真味的，也总有它裹挟的记忆与趣味。记得小学后门的小卖部，一把可乐糖，五毛钱，大概能有十来个。攥在手里，可以乐上好多天，和"结拜小姐妹"分着吃。夏天的三色杯，一块五，粉红色、咖啡色、白色，一勺这个颜色，再一勺那个颜色。有特别想吃甜食的时刻，秋叶落下来，雨天裤脚管沾上点点泥土；相熟的好友转身成陌生人；电影里一路历经波折坎坷的恋人，却是留不住。

大人说爆糙米吃多了不好，不健康，可抵不住儿时的记忆。走时提了两袋，给那几个小男孩一人一块，给手推车里的孩子放上一块。两袋糙米分一分，一些放在办公室，还有一些带回家，爆好的糙米比我记忆中的要轻很多，脚步也轻了很多。

回到家，楼下吹风凉的大爷，来上一块；放学玩跳绳的小孩儿，来上一块，收着衣服准备上夜班的小哥，来上一块。就这样，很快就分没了。看着楼下的小女孩，吃着，笑着，糙米粒黏在大门牙上，大人们也在一起，讲着话。

普通的一天。

再普通，也还是能找出点美好来。

旧时光

去朱家角古镇闲逛。刺绣的女子，低眉凝神，游客经过，只微微一笑，又回到手上，有条不紊。黄昏时分，街上飘起饭菜的香味，和着花香，回家的孩子唱着小曲，又糯又酥，像是含着谁给的敲糖。

穿过吆喝着卖金鱼、鲤鱼的放生桥，游过摆放着桂花糕、芡实糕、炸蝎子、手工肉粽的北大街，跟街角丰大爷打声招呼，照例装几块现做的白糖糕。还了好一阵，才肯把钱收下，临走还硬塞了一包干豆子在马甲袋里。

河两岸，一连排的农家菜饭店，店家在门口吆喝，要伐要吃中饭。临窗而坐，歇歇脚。桥下摇橹船迎水而下，桨声咿呀，撑船的船娘穿着统一的蓝色布衫，唱小曲儿，越剧、黄梅戏，都能来上两段，游客们一起打拍子，兴致来了，再一起唱上几首流行歌曲。

街，从早到晚，声，起起伏伏。春天，鸭子划开水面，急的，缓的；女子在河边洗衣的流水声；喜鹊喳喳的叫声；他轻微的呼吸声；他小心翼翼的脚步声；他说：我藏好了，你来找我吧……畅游在时而熙攘、时而无人的街，心生雀跃。

见一茶室，很是惊喜。鲁迅的日记中，提到在北京的时候，他是茶馆的座上客。他去得最多的是青云阁，"下午同季市、诗荃至观音街青云阁啜茗"。常与二三友人结伴而去，至晚尽兴而归。

茶室门上挂着"从前慢"的木牌匾，字体遒劲，不失清雅。掀开帘

三山半落

子进门，古朴的方木桌、半新茶碗，老式的柜台，放着算盘、账簿，架子上码放着大大小小的茶罐，与壶中的茶相携，茶香若隐若现。游客摘下遮阳帽，呼一口气，叫一壶碧螺春，闻香、品茗，坐于桌前，看门外落花袅袅、游人如织、行色匆匆，自己倒像是归人般气定神闲。

店主穿一身米色布衣衫，留一撮胡子，在一旁摇着蒲扇，翻一本线装书。画面很有趣味，仿佛在慢慢地讲一个很久以前的故事，恬淡与肃静。有老者来泡茶，店主也不赶，任他捧着烟斗，讲着古镇的过往年华。

与店主聊上几句，原来他本身就是这老宅的主人。儿时长在老宅，经过一番奔波起伏与年少轻狂，又回到这生于斯长于斯的地方，与二三好友办了这茶室。他偏爱花、鸟、虫、草，与这老街的老人们成了忘年交。早晨提着茶室门口的鸟笼子，去河滩边遛鸟，去早餐铺子买两个包子、一壶豆浆，摘摘老叶、洒上清水，一上午就慢慢过去了。

乱，却有章法。从古镇收罗来的旧式器具、桨、壶、画，甚至是热水瓶，都被店主看似无意随心摆放，整体一看，更添古朴味道，让人怀旧起属于自己的柔软时光。他学过画画，茶室的一角摆放着画板，墙上、角落几幅店主的写意，大多是古镇的景，极雅致。

临湖的几个木头凳子、椅子，也是店主的。点上一碗茶，送一个果盘，有花生、蜜饯、开心果，一杯一盏，一花一木，一茶一点。还有邻居的孩子，相熟得很，把这一张张方桌、长凳当作图书馆、自习室。

从前慢。

也许任何事物都难以抵挡时光的洪水，在波涛汹涌中，想念起一些笨拙、缓慢而温柔的时光。那是只能用座机的年代，记性可好，能背下来好多家人和朋友的电话，记不来的，就用蓝色圆珠笔写在电话簿里，备注好哪家，哪室，怎么称呼。

上小学的时候，老师还让写信给自己的父母，写好后，轮流用胶棒粘住口子，再粘上邮票，拉着手排队去邮筒，一个个投，特别严肃认真的感觉。期待着哪天爸妈能收到这一份惊喜，也是给自己的惊喜。

等这一封信，可以等很久。

木心先生说，从前的日色变得慢，车、马、邮件都慢，一生只够爱一个人。唱起来也好听。浅唱低吟、清澈干净，深情动人，听来觉得异常心静与美好，不禁向往起曾经的岁月与情怀。

终归是诗有远意。

她和他是高中同学，他总是问一些奇奇怪怪的题目，把题目写在纸条上，上课总是塞过来，她不搭理。下了课，他赖着问问题，拗不过他，她就拿出纸条，教他。

就这样，问啊问，答啊答。

有一天，下午第四堂课铃响，她伸到课桌里拿课本，拿到一张小纸条，她展开来：能不能一起回家？他还是用当时最流行的荧光笔写的。

她拿出笔，写了些什么，塞了回去。

他打开，两个字：可以。

回家路上，他问：你知道我为什么一直要问你奇奇怪怪的问题吗？

她说：你知道我为什么课间一直不出去玩吗？

十七岁，他们互相写信、传纸条。他写他遇到的快乐的事，她挑有香味的彩色信纸，他笑她怎么字写得没自己好看，她笑他怎么比女孩子还话多。就这样，毕业后，信也穿越几千公里，遥寄相思。

二十岁，在那个手机已经普及的年纪，她还是喜欢写信，而他已不再是那个写长信的少年，一个城市，两个学校。写信，变成了短信、QQ和微信，明明更方便了，却觉得沟通少了。

她其实不是一个太会表达的人。不过在毕业的时候，给班级的每一个同学写了明信片，满满当当的三十二张。她觉得，手写的文字远比拼音九键打出来的，有温度。

也许是害怕，怕有些人真的是见了最后一面，也怕身边换了朋友、换了手机、换了通讯录，就忘记了。到现在，很多人早已没有联系，也有了新的朋友，但起码，都好好地说了再见。

在一个很安静的夜晚，铺开信纸，和自己对话，和你对话，写信告诉你今天的天气如何，写信告诉你昨天做了什么梦。再平淡的话也因距离而变得有所期待。即使有一天变得陌生，这一封封信也会证明曾经有多好。

她也喜欢读信。

闲时整理东西，翻出一沓信，每打开一封，就像是翻出一段岁月与心情。有远方的孩子们写的，有笔友写的，也有毕业时同学们写的，一张张翻开，一个字、一个字读着，一些细节、事件及人物便鲜活地立在面前。还好有信，让过去的那么多时光值得纪念，让曾经的那么多美好拥有痕迹。

《假如爱有天意》，很美的片子。梓希翻出母亲的情书。光线正好，窗帘摇曳，风吹来，纸张随风而落。闭上眼，仿佛能回到当时的画面。她从寄出的那一刻开始期盼来信，一天、两天、三天……

突然，邮差远远地摇着手里的信，她迫不及待地拆开、收到喜欢的人一字一句写出的书信，她捧着纸张反复念着、傻笑着，念了一遍又一遍，最后不舍地折好，带着手的余温，小心翼翼地收在木匣子里，如珍宝……

茶室门前人来人往。

可终究，还是慢不下来。

渐渐地，他们也愈行愈远。

书　法

　　小禅老师说，一个人写字，更多时候是大雪飘扑人面，朔风阵阵透骨寒。大约说的是挥毫了。蘸墨、提笔，心中纵有野马奔腾、惊雷滚滚，表面却不动声色、稳如泰山，下笔有神。

　　批好阅读理解，他伸个懒腰。取一张薄而松软的毛边纸，换上家居服，净手。来到书桌前，放一首纯音乐，从笔挂挑一支毛笔，在砚台上轻蘸，轻轻旋转笔身。他将笔竖直，左手背在身后，右手手腕转动，横、竖、撇、捺。

　　就这样，一个个方块字自由流淌于笔下，忘却耳边的纷扰、心中的杂音。古有对影成三人，这纸上，有时是翩翩的君子，一袭白衣，与酒为友，有时是女子，或柔，或果敢，相谈甚欢。

　　二年级那会儿，他报过一个学期课后书法班，请的是外地的老师，一头自然卷发，硬笔、软笔一起练。他是班里年纪最小的孩子，不爱说话，经常是第一个去教室，选最里面的座位。练字用功，课间别的孩子打闹玩耍，他还是坐得住。每次的书法作业被老师用红笔圈的最多的是他，老师表扬他，脸和耳朵就通红，头埋得更低了。

　　虽只学了一学期，但他爱自己琢磨，买两本字帖自己在家练。先是照着影印字，依葫芦画瓢去写，之后就对着颜真卿帖子练。

　　他话不多。新学期开学，班干部、小队长、大队长都选好了，学校要求教室后墙的黑板上定期出一次黑板报，出黑板报，就不需要做早操，

三
四
半
落

120

三个同学一起合作。在选黑板报负责人的时候，他举起手。一个女孩学过画画，负责整体构图和画轮廓，另外一个女孩负责填充色彩，画线。他字写得好，就负责写字。

写字不同于干寻常活儿，那会儿也没有网络，得自己跑去图书馆借书找内容。找到合适的内容，对着板报的空隙，数好字数，拿着粉笔，站在凳子上写。一开始他只顾闷声一笔一画写，女孩在一旁哧哧地笑，他挠挠头。原来写字，也得讲究花样技巧，标题和正文的字要有区别，排版色彩也要多样。他写字又快又好，写好了字，帮着一起涂颜色，小心翼翼的。三个人合作到六年级，每次的班级评比，黑板报这一块评分总是很高。

大学毕业后，因缘际会，他成了一名语文教师。虽有各种网络平台，但每天各种誊写、批改、教案备写、板书授课，都离不开书法。刚到学校那几年，青年教师书法比赛，他的作品经常获奖，被贴到学校的公示栏里，和学生时代一样。

进进出出，亲戚们都叫他李老师。生活中也需要书法。写春节对联，邻里乡亲结婚办事情，写人情簿也经常喊他。他坐在房间里，搭档的是一位大姐，要数钱。大姐热心，有人没人的时候，就问他有没有对象。一场事情办下来，话不多的李老师又被好几家有姑娘的人家问了。他总是低着头，认真写账，推一把眼镜，低头应应。

去年夏天，看见一幅书法。我不是太懂得欣赏，只觉得"浪遏飞舟"那四个字摆在眼前，画面感很强。不是直白地呈现出来，是一股气，一种精神透过纸、越过玻璃扑面而来。兴许他人并不觉得有多好，我却盯着看了许久。

那时，才对于那些驻足于画作、书法前许久的人们有了理解。作者下笔时的心情、内心的波澜，或是空无一物的思量，都悉数倾于纸上，赋予作品以精气神，给人以力量。妙就妙在，观者以此及彼，一同沉浸其中，又不完全粘连，若即若离的共鸣感与疏离感到了恰好的那个点。

古人说，书为心画，摆上砚台，铺上宣纸，毛笔游走其中，边上沉香萦绕，墨散发淡淡的清香。书法看似只有线条，但这线条里有丰富的变化，看似也只有黑白两色，但删繁就简三秋树，领异标新二月花，蕴含着春华秋实。

记得以前上学时，家长们会让很多孩子去学书法，现在学的很少听闻了，多的是钢琴、珠心算。算起来自己小时候也学过一段时间，可惜没能坚持下去。若能坚持下去，习得一手好书法，当真是极妙的。

生活有意思的地方，就在于处处皆有学问。

书法也如是。

在北京的一个公园里，那是夏天，空气闷热，难得有闲，便与好友去公园转转。唱歌的一群、跳舞的一群，还有聚在相亲角的一大群。走一路，看一路，很是热闹。

一块空地，散散几个人围着，很静，偶然有人发出哇的声音。上前一看，一老者，穿着白短袖，蘸着白水，挥着大型毛笔，在空地上挥洒自如，旁若无人，一首宋词便翩然地上。

有人拿起手机横拍竖拍，啧啧称赞，老者只是微微摇摇头，似是觉得不太满意，提起桶和大笔换了一块地方继续写着。地上的字留不长久，时间稍长，渐渐淡了，没了踪影。

回到家乡后，原以为再也不会见这样的趣味了。意料之外，几次在高铁站外见了同样的光景。一老者，一笔，一桶，构成一幅别样的画面。顶上高铁疾驰，之下，却有一番超然自在。

还有，一份"闲心"也很好。

前几日，见图书馆门口放着几张桌子，围着不少人。上去一瞧，原来是春节快到了，图书馆办的送春联活动，老老少少都来添喜庆了。

只见两位戴着红围巾的大爷，笑着写下一个个福字，还会应人们要求写出一副副春联。桌子旁边有介绍，两位都在书法界小有名气，书法也是各有千秋。

前来的老人们拿了自家的福，还想给儿子家、女儿家要两张，便在桌子边不走。虽说老人们的心和那些求书法的收藏者不同，但这两位都乐呵呵地应着，一个多小时不停地为前来的人们送上福字。相较于平日里的作品，这一个个福字更有人情味。

现在写字的机会太少了，有时候拿起笔，都找不到以前的感觉了。昨日无意看到小房间的盒子，打开是毛笔什么的，才惊觉好久没写了。回想当时信誓旦旦要重新开始练的画面，一眨眼，又搁浅了。

当时随手拿来放墨水的瓷碗，里边还是当时留的墨水，已经化成一层层硬且脆的黑壳了。拿到池子里，泡、刷、洗，好不容易恢复成原本的七成模样，手上也早已墨迹斑斑，收拾妥当，重又充满仪式感地取出练字的物件来。不自觉地放空，只专注于笔尖。

一笔、一画，一横、一纵，那真是，若无闲事挂心头，便是人间好时节。

极简如茶

前几日，闲来无事，想着理一理通讯录。翻看着林林总总的头像和昵称，努力回忆，去掉一些，也留下一些。想不起来的，看看聊天记录，有的还停留在去年，甚至更早。

见到一茗的头像，想来也是许久未曾联系。茗，吴人陆玑在《毛诗·草木疏》中说："蜀人作茶，吴人作茗。爱茶之人，闻香、品茗，清雅馥郁，沁人心脾。"

她纤瘦，爱穿格子上衣、阔腿裤子，喜欢掩着嘴浅笑，气质正如茗，个性淡淡的。初见时觉得内敛，慢热，相熟了又是另一番暖意。端午节她给我们每个女生手腕上系五彩绳，从老家带回来一堆特产，还寄出旅途中的明信片。毕业前夕聚会，有人喝多了，她在一边陪着照顾。

毕业那年，有些意外，她去了国外留学，依旧是极少发动态。这两年间，读研的读研，工作的工作，出国的出国，留在北京的伙伴们也都疲于起早贪黑，不能常见。两年后，她晒了一组令人惊艳的毕业照，妥帖的小黑裙，表情舒展而自信，比清淡的嫩茶多了一番味道。

她的昵称是"吃茶去"，个性签名换成了"生活，就是享受一切不如意"。这是另一种表达吧，虽不常发动态，但某一个阶段的独白总会流露出当下的状态来，有心的人会看到，也会懂得。

她的头像没变，还是大学时与好友们的合照，封面是孩童与微有波澜的水面。闲时聊起现在的日子，聊起过去的校园生活，她还是一如当初，淡如茶的性子。

茶，要有闲又有情，才能好好品出个中滋味来。所认识的人中，有此等闲情逸致的，还是中年人居多，我们这一代为了养生、为了品而抱着枸杞保温杯喝茶的还是少数。

小时候喝得最多的，是大麦茶。大麦炒制成焦黄，热水一冲泡，浸出浓郁的麦香，大麦静静地沉在壶底，凉透了，喝一口沁香。口感没那么好，但是在炎炎夏日里喝上一大口很舒服。

长大以后，大麦茶就没怎么见过了。长辈们喝龙井、碧螺春，还有很多没听过的茶叶，也尝过但没品出来何种不同，大概是心不静吧。还觉得有点苦，配上奶奶做的甜丝丝的酒酿饼，就不觉得了。

比起茶，我们这一代人奶茶喝得更多些。从看阿庆爷叔喊珍珠奶茶真好喝开始启蒙，校门口涌现出好几家珍珠奶茶店。一放学，立马站到店门口排队，掏出几块硬币，点一杯珍珠奶茶。路上几个女孩子捧着奶茶轮流喝，自我感觉很时髦。

在长辈养生理念的带领下，他被迫看了不少科普健康节目，因此知道奶茶里的热量和所谓奶中的植脂末（奶精）等的危害，喝得少些。但即便如此，有时还是戒不掉珍珠奶茶，开心时点一杯，不开心时点一杯，饿的时候点一杯垫垫肚子，饱的时候点一杯消消食，周围的朋友也是如此。

更别提商铺冒出来的各种奶茶连锁店，一条街道走几步路就会有一家。能加的料多了，取的名字也各式各样。奶茶店门口队伍排得很长很长，而一米之隔的主打纯正茶饮的店铺，却冷冷清清。

酒与茶，一动一静。

听奶奶说，爷爷年轻时抽烟喝酒很凶。后来听医生的话，烟戒了，但爱吃老酒的习惯还在。说是夏天喝啤酒凉快，冬天喝黄酒暖胃，有兄弟亲戚来家做客，搬出白酒，小酒盅，抿上两口。喝到兴头上，一起高声唱红歌，道往事，拍胸脯，拍肩膀。有时奶奶不在家，喝得昏天黑地的，肚子里翻江倒海，桌上一塌糊涂，奶奶一边摇头收拾，一边去烧白米粥。

年纪大了，吃不消了，就开始少喝酒，试着喝茶。朋友来，也是小酌几杯，吃完饭，泡上一杯茶，坐在一起喝喝茶，清醒下，聊聊天。有时没人来做客，就独自泡一杯茶，看茶叶在沸水中旋转、升腾，又落下，最终沉在杯底，听着评书。奶奶做事细致，用留下的茶渍刷锅，干净。

后来，街角开了家茶馆，爷爷成了常客。

不到六点，汪大爷烧好了水，摆好搪瓷杯子，和老街一同醒来的，还有这个茶馆和一群风雨无阻的老茶客们。老年人泡茶，嘴巴淡，不讲究，多就完事了，飘起来半壶茶叶。

有带着小孙子、小孙女一起来的，孩子们在一边玩过家家、捉迷藏，老人们一边喝着茶，一边说着家长里短。暖意伴着茶香在不大的茶馆里弥漫开来，几十年如一日。快到饭点，奶奶们一吼，就大手牵着小手，回家去了。

两元，一杯茶，前来喝茶的老人们就能闲适地坐上一整天。店不大，甚至很旧，老式煤球炉上，烫着满是岁月的茶壶，收音机里放着苏州评弹。汪大爷说，他这一辈子没做过什么大事，就是开了一间老茶馆，认识了一些老茶客。

"扫来竹叶烹茶叶，劈碎松根煮菜根。"细碎的时光，朴实的器具。茶，在这条老街上，就是永久的温暖。

也学着喝茶，当然没那么讲究。不过寻得一个闲适的午后，一壶清茶，一个玻璃杯，一本闲书，找阳光洒落的窗前，以一个最舒服的姿态，静静坐下，闻淡淡的茶香味，透过光影，细细看茶叶舒展、翻飞的轻盈。

有的茶，初饮微苦，再品回甘，唯留茶香萦绕齿间，似沉静稳重的中年男子，历经起伏波浪，不再少年，但心境寂然、淡如清风。有的茶，闻着淡淡香，轻轻抿上一口，清甜不腻，似身着旗袍的女子，摇曳身姿、回眸一笑，仿佛整个春天都在了。

古人，有闲可坐，还能烹雪煮茶，如此亲近自然，怕是很难做到了。也许远方的诗遥不可及，茶就似眼前的诗，悠长未了。能有片刻与茶相伴，也足以去尘埃，沉思绪。

又或者，有片刻让生活简单如茶，随性如茶，也谈得上悦己了吧。

茶事未了，前方漫漫路，亦可勇敢地走下去。

旧　物

　　那件深蓝色羽绒服，是母亲去并蒂莲羽绒服店买的。款式在当时算得上新颖，上下搭头的银色腰带，很显腰身。一个冬天，和一件大红色到膝盖的羽绒服轮换着穿，最冷的几十天过去得很快。

　　后来新年有了新衣、新的样式，自然就穿得少了。母亲收在箱子里，想着说不定她又会穿，其实不拿出来，就根本记不起来它的存在。

　　高中走读，天骤然变冷，几件羽绒服都刚洗，没干。母亲怕她着凉，想起箱底的那件深蓝色羽绒服。拿出来，后面不知道谁烧了一个香烟屁股的洞。丢是舍不得丢的，母亲就要了一个大小差不多的商标，两个人背靠背的，缝在了上面。几乎看不出来，又穿了一年。

　　又过几年，羽绒不暖和了。母亲想出个主意，把里面的绒放出来，重新弹一下。去店里换个皮，黑色，带红花图案的，给奶奶穿。挺合身，还挺暖和。原本深蓝色的皮，防水的，做成了围裙。

　　小时候，旧物互相传来传去的比较多，像是村上的传统了。孩子长得快，有的亲戚家条件蛮好，毛衣啊、外套啊，其实还是挺新的，等用不到了，就送过来，小点的孩子接着穿。等自己长大，穿不进去了，就继续传给别的亲戚家的孩子，直到穿得不像样子了，就做成鞋垫啊、抹布啊。

　　因此，她小时候有时穿着小粉裙，有时穿得像个男孩子。照片里，剪个短发，蓝色土黄色相间的毛衣，蓝色开裆裤，霸气地骑在大红色儿童自行车上摆姿势。新衣服自然还是要买的，但买得少，能穿的就穿，不能穿的就织，不能织的才买。

后来条件好了，穿新衣服的机会多了，网上也偶尔能买到称心的。衣服虽多，一件件挂在衣橱里，但如果不拿出来，还是只穿经常穿的几件衣服。大概是小时候穿新衣服的机会少，习惯了几件轮换着穿。

旧衣，多半是带着当时的温度和记忆的，陪伴着走过一个个春夏秋冬，老一辈更长情。外婆箱子里，留着结婚时的老布，还有那时的新娘服，叠得好好的，闻起来没有一丝灰尘的气味。老布，厚实，面上细密，可以一整块当床垫，也能剪成做垫子，经用得很。

背了多年的书包，见证她分数的起伏、泪水和汗水。楼下的常青树，陪着她度过每一个伏案看书的寂静夜晚。一双掌心带老茧的手，悄悄地来，放下一盘切好的水果，又悄悄地去。

旧书店门口的招牌破旧，掉色。人来人往不多，插着木板子，粉笔写着十元三斤。挑着蛇皮袋的大爷，手往身上蹭一蹭，捧起一本书，弯腰细心翻看着。

旧电影票。票根上的字模糊得看不清，也记不得是哪一部电影，也记不清是哪里看的，有没有买爆米花，旁边坐的是谁，她猜大约当时是以又笑又哭结束的吧。

旧玩具。父亲学校组织旅游，回来带了两只海螺，说在海边淘到的，能听到大海的声音。她靠在耳朵听，依稀波涛阵阵在耳边。

旧手电。家里停电了，蜡烛也没备好，回家作业还差一些没完成，急得哭，爷爷翻出来一把银色手电筒，用这灯照亮她的课本，照亮她安睡的夜晚。

旧剪刀，铁质、纯黑的"王麻子"剪刀，厨房间用得多，生锈了，钝了，就找石头上下磨一磨。

旧雨靴。脚小，家里没有一双是适合自己脚的胶鞋，下雨天每次被逼穿上大了几个号的胶鞋，里面黏糊糊的，脚在里面撞来撞去，磨得指甲生生疼。

旧手机。亲戚家的老机子，三厘米见方的屏幕，带一根可以伸缩的杆子，开机图像是两只手连在一起。方形套子，别在皮带上，不过常用的还是座机。

旧读物。《故事大王》《故事会》，大一些就是《读者》《青年博览》。没想到可以留这么久，故事是不会过时的，可以传给弟弟妹妹们。

同学录。毕业季必备单品，学校统一印刷的不好看，大家都会提前在礼品店精心挑好一本，找每个人写星座、梦想、座机号、祝福，荧光笔绕起来的一帆风顺、万事如意，基本都会出现在同学录上。

如今，越来越见不到旧物了，不免怀旧，去觅旧物。坐车到千里之外买门票上去，多半还是仿的。规整的排列，圆满的棱角，却失了时光的自然打磨。

喜欢的一件衣服纽扣掉了，她找了白丝线，扳指，细细穿过洞眼自己缝补。

旧物，是另一番柔软。

名　字

名字，一字与一字，一撇与一捺。

你我出生时，就同自己的名字一起，形影不离。但刚开始就如同一张白纸，带着长辈们慎重翻字典取名字的纠结与对襁褓中孩子的希冀。

起名字是一件很妙的事情。名字在一段时间内总会有所谓的潮流，爷爷辈的，荣、军、勤等，父辈的，福、建国、国庆等，我们这一代，名字里雅、俊、婷的挺多，也会有同名的时候。

随着时间的推移，年龄的渐长，经历的人和事多了，这个名字才渐渐有了独属的含义。再去看一个个名字，就觉得与个人的气质、特点或多或少有契合。

她一直觉得自己的名字特别普通，也碰到过不少除了姓之外一样的名字，与陌生人互通姓名，无须解释大致能猜到名字的由来。但现在再回过头看，其实对于自己和认识自己的人来说，都是特别的。而对于陌生的人来说，即使起的名字再怎么超凡脱俗，只不过还是几个字罢了。

有人说，当新名字变成老名字，当老的名字渐渐模糊，又是一个故事的结束和另一个故事的开始。她把从幼儿园、小学、初中的毕业照拿出来，很多都叫不出名字了。不过还好照片背后或者下面有对应的名字。比着手指，一个个划过去，碰到略有迟疑的，就找下名字。从名字再到人，其实还是记不太清了，但是有意思的是，她隐约记得曾经的绰号，再由这个绰号，联想起校园里发生的各种有趣的事情和当时的氛围。

小时候免不了互相起绰号。以前觉得被起绰号是一件蛮烦人的事情，尤其是有一个极容易被起绰号的姓。上课时，只要有课文涉及类似的读音或者词，大家都会不约而同地笑。原本简单、略显枯燥的生活多了很多色彩。从前有个"小仙女"，愣是硬生生帮她想了一个长达二十余字的绰号，以至于在新年贺卡上单写她的名字就写了很长时间。现在虽然记不得具体是什么了，但是想起来还是觉得挺好玩的。

去过那种展销会。小时候一到节假日，各种小摊不知道从哪里就汇聚到一大片空地上，搭上高高的篷子，从头逛到尾，曲曲绕绕，像迷宫似的，吃的玩的一应俱全。小推车上的爆米花、软绵绵的卡通墙贴、过年用来装饰的辣椒串，还有套环游戏、机器算名字，各式各样，就觉得眼睛不够看，长长的塑料棚怎么走也走不完。

记忆最清晰的，是每次都会有写艺术字的。五块钱，用五颜六色的大笔设计名字，画在一米见长的长卷上。看别人的名字，这里卷一卷，那里卷一卷，看看都差不多。但是写完拿到的人，总是看得最专注，收起来的时候也最宝贝。

叫名字，也有神奇的现象。夏日的蝉，楼下的鸡，奇了怪了，叫声听久了，都像是叫自己名字。上课时老师提问，低着头，生怕被老师叫到，心里越这么想，越会被叫到。还有班上口耳相传的神秘名字算配对指数。下课的时候，几个女生们围在一起，虔诚地拿着计算机或是一张纸。手里一划一划的，嘴里数着数，再套用不知道哪里来的"配对"公式，算出结果来。

有的偷偷算，算出的结果不满意，就假装公式不对，又换一个再算，直到得到百分之九十多的高分，才心满意足，好像得到了巨大的奖励一样高兴。还会帮别人算。班里常有大家起哄的对象，可能是男生偶尔帮女生捡个笔，可能是两个人名字莫名契合，也可能是老师上课点名两个人的名字排列在一起，也有莫名其妙不知为何就被起哄的。大家热心地把各种名字的排列组合放在一起计算，算到高分时就兴奋极了，在名字上画一个爱心。

记得有次数学课，刚学完 π，配对公式里就出现了 3.14。前排女生在本子上小心翼翼、一笔一画写下这个从隔壁班传来的最新计算公式，专注模样，倒是一直记得。

源自名字的那般小小心动，也是那个年纪的专属了。初见是盛夏时节，他挥挥手，说自己的名字。她听着好听的名字从他嘴里说出来，仿佛被击中了一般，迟疑地轻声说出自己的名字。

女孩去图书馆借书。那个时候，图书馆的每本书里有馆员做的纸袋子，粘在书后面，里面放着一张纸，谁看过这本书就会登记上他的名字。

翻到一本诗集，女孩看到上面有他的名字，小心翼翼夹在要借的另外几本书中。馆员刷一卡通，嘀嘀嘀，一本本书登记，她脸红红的，生怕别人发现内心的小秘密。

清晨、傍晚，她越发用心地读诗。诗集上有铅笔的痕迹，她揣摩着哪一处会是他留下的印记，当时的他在想些什么，做些什么。闲时把喜欢的句子抄写在自己的本子上，晚上把诗集压在枕头下，梦有时香甜，有时忧伤。

《你的名字》里说，只要记住你的名字，不管你在世界的哪个地方，我一定，会去见你。

可她青春里的遇见，没有后续。到了书归还的日子，她的笔记本也充实了很多页。她在书架上翻找，希望还能找到一本有他名字的书，可惜再也没有遇见。她在笔记本上，找个角落悄悄写上他的名字。

可那本诗集，倒启蒙了她对于文字的欢喜。

哈，那个年纪，单纯的小美好。

秋　千

公园翻新了。

新铺的红色跑道，带来不少人气。篮球场上，两支队伍挥汗如雨，乘风凉的大爷大妈、候场的队友们坐在一旁的看台上，路过的也停下脚步，站在边上看会儿。进个球，大家沸腾一阵，没进，可惜一阵。

健身器材也换新了。平日里维护得少，风吹雨打的，连接的地方外壳有的生锈了，掉一地铁屑。清晨或是傍晚，黄色的铁质双杠上，一位穿着运动装的大爷常在，灵活地换着左右手，肌肉清晰可见。旁边用来伸背的弧形，带些圆钝的凸点，大妈们背靠着揉。这么一瞧，新的果然透着亮，玩着也放心。

除了常见的器材，还有孩子们欢喜的跷跷板。孩子们叽叽喳喳抢着玩，比赛哪头重，压得下去。大人们在太极云手转转身子，聊聊天，等着四点来钟得把孩子们从跷跷板上赶下来，赶回家去，有的赖着不走，家就在附近，大人就叮嘱两句，先回家做饭去了。

但秋千是没有的。调皮的孩子们爱动脑筋，一屁股坐在健步器那个踩脚的地方，当秋千玩，其他孩子在后面推。孩子虽小，但毕竟分量摆在那里，哪怕全新的健步器看着心也颤颤悠悠。

童年时代，哪有那么多健身器材，不过秋千倒是有。幼儿园，睡好午觉，吃好小点心，老师们会带着去操场锻炼。说是锻炼，其实就是玩，玩小球啊，丢手绢啊，跳圆圈啊。园里有两个秋千，座椅是塑料的，大红色，链子是不锈钢的，八成新。秋千装得不高，也荡不高，可这两个秋千，依旧是孩子们的心头好。

那时住的小区，是教师楼，都是认识的小伙伴们，一到放学、周末就在一起玩。不知谁家的父亲从哪里弄来两个轮胎，再找来几根粗绳子，搭成个秋千，装在小区废弃的杆子上。这秋千就高了，适合玩游戏比赛。一个人不好玩，一堆人要比赛才起劲，看谁荡得高，飞得高。虽然也没什么输赢，就是开心。

孩子的想法总是新奇，幼儿园里、小区里玩得不尽兴，回家就央求着爸爸妈妈一人抓毛毯的一角，做自己的专属秋千。自己兜坐在里头，晃呀晃呀晃，咯咯咯笑得停不下来。

一次放学，约着一起荡秋千。记得有个穿花羽绒服的女孩子，左耳有只小耳朵。她一直在旁边，看着一群一般大年纪的伙伴们在轮流荡秋千，就要轮到自己了，却没有走上去。她一直默默等，感觉她都快要哭出来了。

小孩子的交情挺有意思的，虽不认识，但一个招呼，就能立马玩到一起去，也有了玩伴的友谊。她看着内向，可荡起秋千来，那叫一个疯，叫唤着高一点，再高一点。不管不顾的，撒欢一样。

后来搬了家，联系就少了。

前几天在路上碰到她，女大十八变果然是没错。要不是左耳的小耳朵和略带熟悉的感觉，真不敢认。留了联系方式，约去公园散步。她还是曾经的样子，看到秋千就走不动道，也不管路人奇异的眼光，像小兔子一样乐呵呵奔过去。明明看着成熟稳重的她，七厘米小高跟、挺括小西装，那一刻仿佛回到了小时候，孩子一般。

秋千，也许是一把吉他。《缝纫机乐队》里，有热血、有摇滚，印象最深的是韩童生饰演的那个老医生，在诊所里藏了一间吉他室，他戴上美少女战士的面具，成了年轻时的吉他手杨双树。吉他，是他的"秋千"。伴着他，从这一头，荡去那一头。不再年轻的心随着一次又一次起伏而热血沸腾。

秋千，也许是一颗大白兔奶糖。少年的他悄悄攒下零花钱，去小卖部买两颗奶糖，放在铅笔盒里。不知为何，她有时会趴在桌子上，脸发白、扶着头，他把一颗糖塞到她的铅笔盒里。转过身，想了想，像是下了很大决心似的，把剩下的一颗也一起塞给了她。

秋千，也许是一种心态。见一组照片，老爷爷老奶奶手牵手在游乐场里玩，奶奶戴着卡通小兔子的发饰，比着哪个更好看。骑着双人自行车，一人张开一只手。玩累了，就在秋千上，脚悬空着，上下轻晃着，吃着奶油雪糕。

嘿，明天，荡秋千去吧。

世间的温柔

日子，一天一天走着，不停歇。

新的一年，许下新的期许。昨天与今天，今天与明天，好似相同，实则不同。她翻看老照片，老照片上印着黄色字的日期，与父母坐在一起，算一算那会儿是几岁，在做些什么，是一个蛮有趣味的事情。

那个时候手机没有普及，小灵通的时代都还没到，听说相机贵，胶卷也很贵。因此能有机会拍照，无论是去照相馆拍，还是拍幼儿园毕业照，都是天大的新鲜事，异常开心。

有百岁照。同时代小朋友们百岁的照片，大同小异。一个小人儿，乖乖坐在照相馆里的小推车里，眼睛扑闪扑闪四处瞅啊瞅。照片里，她圆润的双下巴，穿着大红带黄的毛线衣，鼓鼓囊囊的。旁边是两个大的立着的大瓷瓶，一个毛竖起来、看上去有点脏脏的小狗玩具，眉心点着一颗红痣。

有小时候的糗照。在客堂间的红水盆里洗澡，皮肤粉嫩，小肚子肉鼓鼓，一脸蒙地看镜头；笑眯着眼吃生日蛋糕，袜子一只高，一只低，小腿上一片肿大的蚊子块；与儿时的好朋友手牵手，正抹着鼻涕，在草坪上傻笑。

有父母年轻时的照片。有黑白证件照，带白色花边，母亲卷发、父亲留着胡子，各自穿着当年流行的翻领长袖，依稀能看出模样。在老家的小平房，父母抱着肉嘟嘟的她比耶，她穿着红裤兜，小腿肉一层一层的，露在外头。

她二年级那会儿，成绩考得有进步，父亲答应她，周末去镇上的小公园拍照，特意提前向亲戚家借了台傻瓜相机。在温度还不算高的初春，她非要穿粉嫩的小裙子，嘴巴噘得老高。

拍照的姿势很单一，不知道什么 45 度，除了比耶，就是找花花草草，蹲在旁边，两只手托着下巴，呈现花状，嘴咧着笑。拍得兴起，走哪都要拍，随时随地比耶。可胶卷贵，又是借的，哪舍得一直按快门。她母亲就假装按下快门，其实没拍到。

到家抱着相机一看，照片大多没有，她气得哭，母亲怎么哄也哄不好，只能去照相馆把拍的照片都冲洗了出来，还塑封了，放在学校发给她的相册奖品里，她这才缓过劲儿来。

后来，手机越来越普及，照相馆一个个关门了，也用不到胶卷了。走到哪里，随手可以拍照。随着手指在手机屏幕上轻轻滑动，从春到夏，从开花到结果，记录变成一件平凡的事情，吃了什么好吃的、遇到什么有意思或是糟心的事情，或者看到一束向日葵。

用照片来记录并分享是好事。只是太容易得到的东西，仿佛就不会那么用心珍藏了。

从翻盖手机到触屏手机，来来回回一直在更新换代，手机里的照片没了也就没了，虽会觉得有点可惜，但再回忆，好像也回忆不出什么特别的，顶多讪讪地翻一翻空空的图库，重新开始拍就是了。

可曾经的一张照片，能赋予岁月以深情。见一个外出打工的人买火车票，拿身份证的时候，不小心掉下一张方寸大小的照片，他急忙捧起来，轻轻擦拭上面若有若无的灰，小心翼翼重又放回皮夹子里。旁边的行李袋拉链坏了一半，清楚看见一只玩具熊毛茸茸的掌。

大概能想见，在一个个离家的日子，他想家时就拿出来反复看，进而洗去一身的疲惫，露出发自内心的笑容。那是念想，是动力，更是一抹沉甸甸的温柔。

电影《八月照相馆》里，男主人公经营着一家小照相馆，每天平淡地生活，给不同的人用心地拍照，有乐呵呵的一家人、精心打扮的老奶奶，还有穿着格子衬衫、戴着眼镜，平静笑着的自己。他会将喜欢的照片挂在橱窗里，照片里不同的人有着不同的故事，相同的是每个人都在阳光下，留下了属于自己的笑容与痕迹。

　　去年在湘西，有穿着裙子拍照的阿姨们，衣服大红大紫，有的还并不合身，也许没有传统意义上的优雅，但是她们一个个都笑得特别开心。手里拿着的七彩丝巾，随着清风翩翩起舞，不在乎其他人的眼光，真叫一个自信、洒脱。

　　还有很多啊。

　　有一次看到爷爷用老年手机拍奶奶，手机像素很低，奶奶配合着笑，画面简单却动人。

　　楼下小孩子做的一个鬼脸。

　　这些笑容、温柔、美好，都值得被记录，并且好好珍藏。

　　你也值得。

停　电

停电了。

上班的时候感觉不到，赶上周末的时候停电，没网、没电，再加上是大热天，两个字，难熬。

负责维修的小师傅看着年纪很小，大平头，戴副眼镜，话不多，脖子上挂着毛巾，头上汗冒得厉害。另外两幢的师傅已经收工了，在旁边一边闲聊，一边指点着。

原本晚饭的点，一幢楼里的人家都会在自己家，要么做着饭，窗口里飘着香，要么已经吃起来。很少有机会像以前那样，捧着饭碗，聚在一起，三三两两站着讲话。

这次停电，使晚饭比平常晚了有个把钟头，自然都往外来了，热闹极了。放学的孩子写了一半作业，天色暗了，没台灯，有正当理由出来玩了。老人们等不及，凉米饭，倒白开水，就着榨菜，呼噜噜权当晚饭了。年轻人没有手机耐不住，直奔商场去了。

男人们上身赤膊，围在电工师傅周围。女人们在窗口守着烧了一半的菜连问，电快来了没有。男人们轮流应答着，没来，一个个倒也不急，拿一包烟出来互相散着抽。

夏天的天黑得晚，还亮堂着，过了最心焦的时候，人们都平静下来，看会儿线路，聊会儿家常，说说笑笑的，竟生出不少人情味来。问问孩子工作近况，有没有对象，今天晚上打算烧什么菜……

过了好几个钟头，小师傅擦一把汗，才总算稳稳当当把难题解决了，走时还不忘把一条条电线安放得齐齐整整，再锁上电箱门。

　　小时候总会停电。

　　也是大夏天，电风扇呼啦啦扇着，吧嗒一声电停了，风扇转了一会儿停下来。天热，没胃口吃东西，随意吃几口晚饭，和大人们一起，搬上小凳子去外头乘凉。一把蒲扇，一根棒冰，一瓶花露水，还是抵挡不住热辣的风、猛烈的蚊子。

　　楼下早已热闹，隔壁的邻居、楼下的大爷大妈们如往常一般在外头乘凉、拉家常。那时智能手机没那么普遍，都是你对着我，我对着你，也不会觉得无聊。

　　孩子们把最后一口棒冰吞在嘴里，就在一旁玩游戏，用脚比画剪刀石头布，蹲坐在大孩子旁边猜脑筋急转弯，还有跑来跑去捉迷藏，直到天色渐渐暗下来，才依依不舍地上楼去。

　　电修起来久，天黑乎乎的。那时手机就小灵通，一个小亮框，不顶用。孩子们乐呵呵地拿着根小蜡烛，这里照照、那里照照，小火苗一会儿低、一会儿又高起来，蜡油滴在木头桌上，用指甲划几笔，写名字。与父亲一起做实验，火苗哪里温度高、哪里温度低，孩子小心翼翼地横起手指嗖地划过火苗，惊讶极了。

　　玩得折腾，瞌睡，是睡不着的。又是热，又是蚊子多。实在乏了，母亲就把席子铺在客厅里，下面垫条旧被子，在一旁扇扇子，哄着入睡。现在想来，那个时候，停电是常事，不觉得是多么不得了的事情，反而填满了有趣的小事。

　　现在停个电，简直像失了魂一样，手都无处安放。很难设想，长时间没有网、没有电的日子。

　　佩服归隐田园的夫妻。就像李菁姐姐书里写的那对璧人，他们远离尘世，隐居山间。于他们来说，没有了很多牵绊，心也卸了下来。一茶、两人、三餐、四季。

他们说，原先在大城市里，把忙碌当解药，把奔波当麻药，把所有时间都换成结果，却内心迷惘。现在，自己种菜，与自然接触，不耗费精力处理人际关系，追寻内在多于外在。一日一日细细地过，好好地感受时光，感受那种存在。

当然做出这个选择，必然会失去些什么，但印象最深刻的，是她说回归那种原始的状态。那是一种实实在在的感知力，不再与所谓的价值观互相绑架，和喜欢的一切在一起。这样的人生有真味和真意。

人啊，总是惦念曾经拥有。

电来了，灯亮了，风扇开了，网也连上了，人群顺着楼梯、麻溜地各回各家，炒菜声、油烟味，一切如常。

电表箱上留下一张纸头，电工小师傅用黑笔写的电话。纸独自在电箱上，随着弱弱的风，一飘一飘地。

遇 到

喜欢夜晚。

白天，当了一天的大人，而夜晚，又可以重新变成小孩。观众散尽，卸下面具，不再是演员，台下一片黑暗，开始忘我的独角戏。

她喜欢用网络音乐，一边听，一边翻看底下的评论，虽说有的是段子，但是确有真切的故事。有一起走过，却爱而不得，得而不惜，惜而不再的故事；有一起用一副耳机单曲循环的歌，如今不敢一个人再听的故事；有连对方的名字缩写也害怕打出来，怕自己的内心被识破的故事。更多的是，看着别人的故事，自己写了又删，删了又写，最后哭着又笑着。

以前的她，喜欢深夜零点以后发朋友圈，早上删掉。那段时间，到了新的公司，每天转发公司的宣传内容，附上干劲十足的表情，一直以为她最近过得像朋友圈一样充满鸡血与斗志，晚上，朋友圈睡去，她才有一些属于自己的空间。

她发了一张朴树的《清白之年》的歌词截图，未附上任何话语或表情。

人随风飘荡

天各自一方

在风尘中遗忘的清白脸庞

此生多勉强

此身越重洋

轻描时光漫长

低唱语焉不详

　　每当这个时候，很少会有评论或点赞，能看到的，隔着屏幕相视一笑，也不会去点开来聊迷惘、聊感慨。也许，是她最单薄的伪装，也许，是黑夜里最直白的袒露，也许，这首歌的哪个词、哪个句子触到了内心的一角柔软而已。

　　当第二天的太阳冉冉升起，删掉深夜的种种情感宣泄，脸上重新堆起笑容，或用精致的妆容深深掩埋痕迹，用微笑藏去那一声感叹，再等待下一个黑夜，周而复始。

　　藏起来的情绪，并不代表忘记了，哪怕决定藏起来，也会因为一个旋律、一个动作、一段回忆而翻出来。

　　朋友青青，是高中的玩伴，大二冬天的时候来北京找她玩。逛798啊、南锣鼓巷啊、北海啊，一路拍拍拍、吃吃吃、笑笑笑。什刹海结冰了，南方很少见，青青就特别兴奋地跑过去，租了坐着在冰上划的冰车，笑个不停。回宿舍，收拾完，已经快10点了，聊着聊着，睡意就来了。

　　一首歌打破寂静，是青青的电话铃声。很熟悉的铃声，叫《认真的雪》。响了很久，她没有接起来，也没有按掉。最后一个音符，戛然而止。不知道是电话那头按掉了，还是青青按掉的。

　　过了一会儿，她又迷迷糊糊了，翻了个身，旁边没人。起来看到青青一个人站在阳台，手里握着手机，静静地望着外面。

　　还好吧？

　　燕子，下雪了。

　　十年前，青青是个乖乖女，英语课代表。一次月考后，老师把英语倒数的大马排在她旁边。大马一副玩世不恭的样子，拿她的铅笔袋、拿她的作业本、还会故意晚交英语作业，一次一次地，青青懒得搭理他，用力地画了条三八线。

你要是超过这条线，我就……话音未落，大马轻笑一下，呼地把胳膊伸过了三八线。没事人似的托着腮，侧着脸笑着。不知道从什么时候起，大马总是侧着身子，歪着坐，青青眼睛冷冷瞥一眼，他就低下头，嘴里还煞有介事地念叨英语题目。

后来越发肆无忌惮了，趴在桌子上唱歌，唱《认真的雪》，耳边一直单曲循环。初中嘛，大家就喜欢说来说去的，大马一唱歌，旁边的男生们就起哄。

那是个下雪天。这回闹得有点过分，有个男生把大马往青青身上推。青青使劲推开，一口气跑到操场，偌大的操场上空无一人，草坪上厚厚的积雪堆着，青青在雪里走着。冰凉的雪落在她滚烫的脸上，又化开，混着咸咸的泪一起流下。

不知道为什么哭，也不知道什么时候雪不下了。抬起头，不见天空。是大马，没有平日里的嬉笑，手僵直地撑着伞。青青没理会他，往前走着，往雪里走着。他也不说话，手僵直地撑着伞，走着。鞋湿透了，雪浸入袜子，冻得没有知觉。

她停下脚步，死盯着大马。以前大马都是侧歪着，今天他站得很直，手伸过来，越来越近，不理会她越来越烧得慌的脸，他手腕轻轻一转，把青青的刘海撩到耳后，他的手很冰、很凉。

对不起，可是我喜欢你。我给你唱首歌好不好。

雪下得那么深　下得那么认真
倒映出我躺在雪中的伤痕
夜深人静　那是爱情
偷偷的控制着我的心
提醒我　爱你要随时待命

大马在旁边唱着，许是雪天的关系，周遭安静，青涩的歌声伴着两个人的脚步，再后来，青青的彩铃也变成了这个旋律。

一阵风吹过，青青定了定神，看了眼亮着的手机屏幕。轻声笑笑，这么多年，我以为自己忘了。青青不再说话，她也不再问青青，雪小了，光很暗，她看着青青的侧脸，那是另一种神色。

这个世上，有很多事说不明白，比如突然的失落，莫名其妙的孤独，没有由来的落寞，以及突然离开的你。还有，不知为何，常常失眠的人。

木心说，你再不来，我要下雪了。

可下雪了，你也不会再来了。

相比于直白地说离开、说爱情，更喜欢那些很细节、娓娓道来的曲子，不煽情，不做作，每个词都是在裂帛上刺针，细小入微却动人心旌，歌手很认真、很平静地怀旧，把你所想的但不敢说的唱出来，他哑了声线，我们红了眼眸。

不知道是跟不上时代了还是怎么，她现在听的，大多还是以前的歌，大部分，并不流行了，可插上耳机，闭上眼，沉浸于歌里，仿佛听得到最慈悲的宽厚，故事一帧一帧，交织在一起。

记得那个末班车上哭泣的女孩。13号线的末班车，人很少，一个女子三十多岁的样子，她化着很美的妆，穿着得体大方的职业装，一坐定就拿出耳机，低着头，没有看手机，一言不发。过了两站地，她身体微微颤动着，是那种竭力控制住情绪却无能为力的样子。

到站了，走的时候她回头望了望，那女子像一只小猫一样，蜷成一团。她想，还是称女孩吧。

再见青青，是在校庆的时候。她整个人很精神，问起近况，只说很好，不会一个人失眠了，不会起来东想西想了，不会深夜发状态了，找到了自己的生活频率。临别时，她手机响了，是《遇到》。

这么久了我就决定了

决定了你的手我握了不会放掉

我们绕了这么一圈才遇到

我答应自己不再庸人自扰

　　青青看着她略显惊讶的眼神，笑了笑说，这是我男朋友向我求婚时唱的。

　　有的歌，已经不再闪闪发亮了，光还在，却不能亮了，就像过去的人。清风吹过，愿你我，有轻音相伴，也有低语相随。

老 去

她从小身子骨弱，换季或是淋个雨，都得发烧才能消停。大人觉得吃药、打针好得慢，就急着带她去医院挂盐水，盼着能早好。手背上肿起的紫色点块、枕头边放凉的白煮蛋，还有她头顶上滴管中同一频率落下的水滴，陪伴她入梦。

大了些，中药也调理了一段时间，才算是硬气不少。难得发低烧，自己吃个几粒药，抱着被子睡一觉就好大半。大人们总算是不用那么操心了，医院走廊里的酒精味她终于不用常常闻到了。

凌晨，伴着初露的晨曦，荷塘中央的几枚叶子变黄，一支绿节轻柔托起，露珠圆润地滚落到水面上。带上提前备好的牛奶、水果，去医院看望太太。此刻，天还没大亮。

医院窗口处，排队挂号的已经一堆人了。来来往往多是疲惫、鲜见笑容，手里提着红红绿绿的塑料盆、热水瓶。不远处，电梯厚重的门缓缓打开，又缓缓合上，覆上了一层沉重感。

医院的科室、构造，一直绕不明白。到了一楼大厅，她还想看指示牌该往哪边去。一低头，一双躺着的病人眼睛直盯盯在眼前。移动中的病床是反着的，因此人脸更显不同。记得，是灰白的头发，眼窝深陷，白格子病号服，脸上没有表情，不笑也不哭。

短短几秒，她就被人流拥着往一个方向走了。前几日，九十来岁的太太摔了一跤，虽有时忘性大，但平日里还算硬朗，两颊的皮肤也保养

三山半落

得不错。听小奶奶说太太还曾是大队老支书。她未曾见过太太年轻时的照片，不过见太太为人和蔼的气度也是不一般。

记得儿时放学，太太一直拉着她们几个孩子去家里坐坐，往冰箱里拿瓶装饮料，非要撕开吸管塞手里。银白的头发，发梢边的黑卡子总是很妥帖，头发一丝不乱。冰箱旁，有一盆小假山的盆栽，小金鱼在里头优哉得很。

推开病房门，太太躺在床上，闭目养神，眉头微皱。头发散开着，铺在雪白的垫子上，头发一丛一丛湿漉漉的。一只脚被一根绳子拉着，绳子另一端坠着块石头。床边，一把常用的木梳和纸巾盒放在一块儿。

听小奶奶说，太太一开始固执不想来医院。估计是老一辈的想法，去医院觉得麻烦，也不愿给小辈添麻烦。等待救护车的时候，不敢乱动，太太就躺在客厅地板上，下嘴唇微微咬着，脸颊发着颤，嘴里一直念叨着，骨头还好的，肯定不断的。可额头上的汗冒得厉害，一看后脑勺也磕着了，在流血。

几个小辈轮着劝，还假装发脾气了，太太才松口说去医院。一通检查下来，骨折，头上还缝了几针，太太却还是颤着微微笑说，没事，没事。小辈们商量着请了个护工，说已有十多年的看护经验。生怕太太不好意思，不叫护工，自己忍着。就解释给太太听，这是花了钱的，有什么不舒服的、半夜要上厕所的一定要叫护工。太太像个孩子似的，点点头。

她走时，太太努力抬了抬没在挂水的左手，挥挥手，嘴里念叨着"谢谢你们来看我"，眉头舒展了一些。护工阿姨麻利地拿起抹布，在一旁擦起来，用带家乡口音的普通话说"你们放心吧"。

后来再去看望，太太可以自己坐起来梳头发了，一下一下，发丝平整。别黑色卡子还有点使不上劲儿，护工阿姨在一旁帮太太别。边别，边唤太太老姐姐，两个人握着手唠嗑，像认识许久的姐妹说着家长里短。

想起大前天在银行碰到的老人。她取了个号，坐在大厅排队。只见老奶奶肩上扛着两只蛇皮袋，手里捏着很破的两张纸，在银行大堂里转来转去，嘴里念叨着不会、不懂。

都是一个地方的人，大堂经理情况大致了解。但因为工作人员的关系，他不能直接帮忙去 ATM 里按密码，所以就请她帮个忙。想了一会儿，原本她的性格是不爱多管别人的事，但老奶奶用无助的眼神盯着她，觉得没办法，要帮的。

从老人嘟囔、不太清楚的话语中，得知老伴两人捡垃圾为生。

两张卡，一张是自己的，另一张是老伴的。她按着那张很破的纸上都快模糊的字，输了密码，分别是很少的三位数的余额，还有几角几分。她把钱、卡、纸一并放在老人手上，大声对着耳朵告诉她要放好。老人估计是没听懂，只是一个劲儿地、口齿不清地说着"妹妹，谢谢，谢谢"。

看着老人走出门口的背影，闷闷的感觉压在胸口，说不出来。也许老人年轻时也曾风华正茂过，或者是一路苦过来的。不知道，或许连老人自己也不太记得了。

谁都会有老去的一天，优雅地老去大抵太难，平凡的人们若是能平凡地老去，周围能多一些善意，已是幸事。就像《你会怎么做》节目里，毫不犹豫搀扶起摔倒的老人，为中暑的清洁工阿姨递上矿泉水，见到顾客打骂餐厅员工义不容辞站出来……日常，却令人动容。

夜幕降临，丛间的萤火虫发着微微光亮。风起，枯黄的花瓣飘落于水面，慢慢被水浸润，随水漂移。而荷花残存的余香，也断断续续地从远处传来。即便是落，也是那样的从容与宁静。

长相守

去云柜拿快递，又见那位老奶奶。

看着得有七八十岁了，一头银灰色的短发梳得平整，用黑色卡子卡着，一个淡蓝色的小板凳，她安安静静坐着。没有旁人，她望着外面，一动不动。

很多次了，每次遇到她都是这样。外面是栏杆，栏杆外面是路，路上时不时走过行人。眼神没有波动，坐姿也没有变过，不知道她在看些什么。

再早一些，她在吃晚饭。自己端着个小碗，慢慢地吃上一口，抬起头望望别处，再埋头吃一口。吃好了，也不过四点，拿起碗，慢慢踱步回去。过一会儿又出来端坐着，望着栏杆外。

一个人吃饭，一个人过日子，大概时间会过得很慢，很慢。

长相守，不易。

白净的病房里，大爷坐在床边，手微微颤抖着，提着自己正在挂的盐水瓶，另外一只手扎着针，抚摸着躺在病床上的老伴，像哄孩子一样拿汤匙喂东西给她吃。

孤单宽阔的岛屿上，他一日复一日守着，看浪拍石岸，看电闪雷鸣，她一日复一日陪着他守。他走了，她继续守，坐在那个他常坐的地方，望南方。

他走后，她喜欢听他常听的收音机频道，听评弹，虽然听不太懂；

架子上那瓶吃剩一半的花生酱一直舍不得扔；他生前用的四角拐杖依旧静静地放在门背后，她说拐杖在，就像他还在。

取好快递回去的路上，碰到一位大爷和大妈。大爷腿脚不好，拄着拐杖一步一步走着，时不时停下来歇一歇、瞅一瞅，大妈拎着个袋子，走走停停，不时唠叨着什么，大爷转个弯也费劲，大妈估计是急着回家做饭，扭头就大迈步走了。

以为大爷得一个人走回去了，没想到大妈又回来了，在不远的路口唤着"老头子，恁快滴呀"。两个互相搀扶的背影愈走愈远。能有一份陪伴，哪怕是吵吵闹闹，也挺好。

三山半落

第四辑　平凡之路

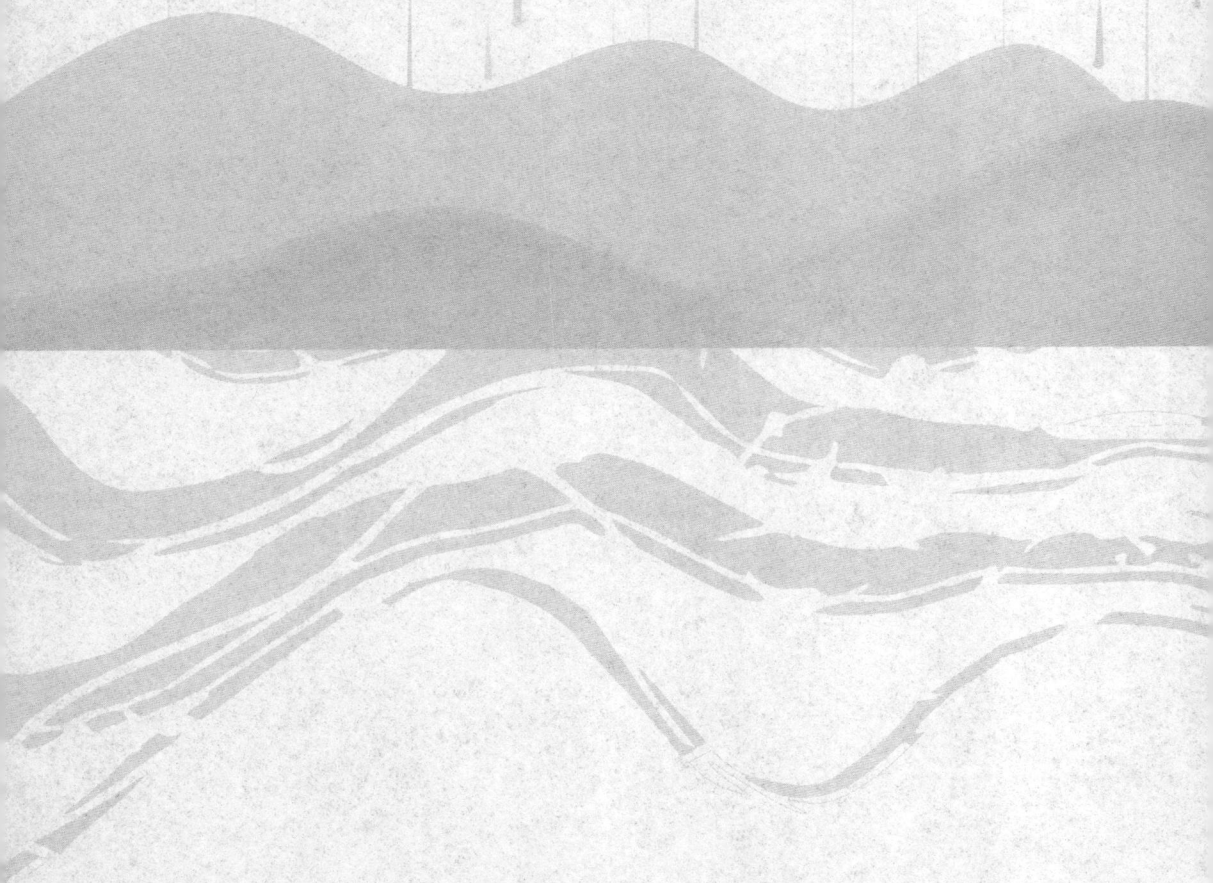

下雪天

又是一个阴天，她望望桥那边，桥下河水缓缓地淌着，远处尽是白茫茫的一片，太阳掩去了七分，风卷起花叶，也掉落了七分。

看天，不像雾霾的模样，空气没那么沉重，更轻盈一些。她点开手机，屏幕上闪动着一颗一颗雪花的动态图。

雪，大约真的要下下来了。

她从小在南方小镇长大，极少亲眼见到下雪，遇见下大雪更是难得。小时候守着东方卫视七点档天气预报，每每看到电视里那一个个大雪飘飞的北方城市，不由得心向往之。

雨夹雪倒是常有。等了一天又一天，忽地就夹着雨，不管不顾洒下来，落在楼边的小河里，泛不起涟漪。落到手上一眨眼的工夫，就化成水珠。不过即便是那么微小的雪，也足以让他们那群孩子们雀跃。

雪人，是肯定堆不起来的。她脚垫着木凳子，从厨房架子上翻出来一个洗菜的小盆子，端放在阳台的衣架上。怕盆子掉下去，便小心翼翼用手扶着两边，像捧着个什么宝贝似的。

雪慢慢下着，她欢喜地看着小雪花一点点堆起来，一点也不觉得冷。仰着头，雪花嗤嗤地落在红彤彤的脸上。母亲见状，把她冻得通红的手一把拉进来，窗户一关，嘴里说："这么冷的天，等手冻坏了你就知道了。"

小孩子哪能听，过一会儿还不是趁着大人们不注意，又开始乐此不疲地收集起雪来。盆里的雪积了又化、化了又积，等到耐性没了，这才哆哆嗦嗦地把手钻到母亲兜里。

"你看，套袖又湿了吧。"母亲把倒满热水的热水袋递给她，就去洗湿掉的套袖了。

她印象里，家乡下过最大的雪，是小学三四年级的时候。

那天正好是周末，一大早已经有好几个小孩儿在玩雪了，在平整的雪地上画画、写名字，和楼下的小狗一起撒泼打滚，手套、帽子，全副武装撒着欢。那会儿的她已经略微懂事了，心里自然是想奔去楼下，与孩子们一块堆雪人、打雪仗、做雪房子的，可她就这么托腮趴在阳台上，一会探出头望望他们在玩什么，一会儿在阳台上自顾自走着，手捏着衣摆，迟迟不能下决心。

现在想来，儿时母亲那一双红肿的、生满冻疮的手，隐约是在那时她小小的脑海里浮现的。孩子简单的思维恐怕就是倘若玩雪，身上的衣服就会弄湿、弄脏，母亲又得多洗一件了，那冻疮就更不会好了。

小小的她，就这么暗自犹豫着。雪慢慢停了。虽知道再等一季这么大的雪会很难，但她深深地松了一口气，仿佛完成了一件多么了不起的事情。

穿着黄色反光马甲的保洁阿姨们，拿着扫帚、铁锹等开始了清扫工作，场上留下一个个胡萝卜、红布头，刺骨的寒透进毛线手套里，湿漉漉的，结成小冰晶，手麻得只会来回扫啊扫。

她见过最大的雪，是在北方，上大学的城市。一入冬，就盼啊盼，盼着哪天睁开眼，见满世界的纯净白雪。等了很久很久，直到不再有期盼的一天清晨，她无意间撩开窗帘，惊得发现整个天地都是白的，无比纯净。静悄悄的，偶有小鸟被掉落的雪块惊得飞起，扑扇着翅膀欢腾起来。对面屋檐上棉花似的雪，柔柔的，胖乎乎的，可爱极了。她静静地站在阳台上，放空脑袋，注视了好一会儿雪景，才想起回身叫醒舍友。

她的大学舍友里，三个北方人、两个南方人，果然是两声惊呼，加上一片淡然。本来所有人都偷懒想着中午叫外卖吃，这么一来大家不约而同地穿衣、洗漱，出发去食堂吃饭。原本一个个说着见多了、不稀奇的北方舍友们，还是高兴得像个小孩子，一同迫不及待地闯入那个无瑕的雪中，猛地抓起一把雪，玩笑似的丢来丢去。

大概雪有魔力，身处其中，心情莫名地愉悦。轻轻踏上一脚，地是松软的，留下一个或深或浅的印子。手戴着手套，慢慢拂过树丛上的雪，看一眼手套上留下的雪珠，她觉得不是很过瘾，索性把手套取下，管什么天寒地冻，管什么手指红通通，在这童话世界般的雪中尽兴玩着。

整个手掌埋进平整的雪中，往下一按，掸去树叶上的雪花，用树枝在操场上写名字，追着舍友们扔雪球，喘得厉害，嘴里哈出气儿。奇怪，并不觉得冷，反而有股暖洋洋的感觉。

她平常是不太爱拍照的，总觉得不大上镜，可这难得的雪，让她不自觉地咧开嘴，竖起剪刀手，留下了许多青涩的照片。

晚上视频，她还没开口，母亲就说："看天气预报，你们那里下雪了，有没有穿多一点？"她把拍的照片，发给母亲看。照片选得不巧，母亲一看，就开始念叨："你怎么手套也不戴，鞋子都湿了，玩得太疯了。"

她挥挥手，笑笑说："这里的暖气很热乎，手早就暖和了。"视频那头，母亲神情才放松下来，笑着说道："这雪，真大、真好看呐。"

她一直惦记着要带母亲亲眼见见这大城市，见见大雪天，在快要离开北方的那个冬天，终于如愿带母亲去看了一场大雪。

她站在母亲身后，发觉母亲把手套取了下来。原本想说太冷了，让她把手套戴上，终究还是没有说出来。母女俩红通通的手就这么握着，在雪中畅快荡悠着。

雪越下越大，她看看母亲，这里抓一把雪，那里踩一脚，笑靥如花，仿佛看到了照片里那个二十出头的少女，笑得那么天真、烂漫。白白的雪，覆在地上，覆在尘土上，再以光照射，渐渐融化，那些不好的心绪也仿佛被悄悄带走。

开着窗，她原本想着教母亲用单反拍雪景，可母亲嫌麻烦、笨重，怕搞坏了，还是用手机拍。她回身把充好的热水袋递给母亲，母亲给她看用手机拍下的照片。

"嘿，真好看呐。"

洗 碗

"大家伙儿都加把劲，看样子雨要下大了。"

泥土和着雨水，变得烂兮兮的，得用大力气才能铲起来。几个人一听，把嘴里的烟一掐，啐一口唾沫，正经挥起来。

两三米开外，她和母亲站在人堆里。她隐约听着什么可怜人、命之类的词，细得听不太清，看着那小土堆越垒越高。

老人的话果然有理，雨真是劈头盖脸掉下来。

母亲撑起年底厂子送的伞，把她拉到近边，淡淡地说："燕儿，咱们回家吧。"她应了一声，看了看偌大的地上高起的一个个小土堆，暗暗握紧了母亲的手。

土堆旁，只剩一个壮实的背影猫在一边，把一根根什么东西插在土里，用火柴一遍一遍点着。她十步一回头，走出去了很远，只见那个背影还在。

她不喜欢吃喜饭。

她七八岁时，邻居家办喜事。母亲在一旁，与几个她不太认识的长辈们唠嗑，说到谁家的小孩，便夸她长得清秀。她低着头，来回抚摩着新买的粉色裙子，脸上微微发热。母亲知道她的性子，便打发她去倒饮料喝。

"啊，裙子！"

她猛地被撞了一下，杯子里的饮料空了大半，裙子上这一块黄，那一片渍的，心里懊恼极了。

还没来得及回过神，眼前突然出现一双皱巴巴的手，这手紧紧攥着往她眼前伸过来。她哪里见过这个场面，一个劲儿地往后躲，直到被一双手轻轻按住肩膀。

耳边响起母亲的声音："阿金夫，你在做什么？"

她这才有胆子抬起头看。

精瘦的一个人，下巴垂得很低，皮肤皱巴巴的。这人咧开嘴笑，牙齿黄黄的、不齐整，紧紧攥着的手缓缓展开："我就想给小囡囡水果冻吃。"

旁人过来凑热闹："阿金夫快去洗碗吧，水果冻你自个儿留着吧，不是稀罕物。"老人自顾自笑笑，弓着背，腿一瘸一瘸，走去洗碗了。

饭桌上，大人们吃得八九分饱，她嘟着嘴，夹两口身边的菜，筷子就不动了。

她听大人们说起阿金夫来。他老光棍一个。母亲是外省的，生了三个儿子，可惜脑子都不太好，独剩他一个，还算能自理，年轻时也还干点力气活，马马虎虎养活自己。后来，家里人走的走，死的死，他也老了，一条腿坏了，干不动了，就窝在桥头底下，翻垃圾桶过活，有一顿没一顿。

"那个瘦得像猴的人，你说是不是阿金夫？"话传到正洗碗的阿金夫那儿，只见他来回晃悠晃悠脑袋，嬉笑道："现在有碗洗了，有饭吃了，要是讨个婆娘就好了。"

大人们听后哈哈大笑。

"喏，你家媳妇什么时候生啊？"

"快了快了，这不小孩子衣裳都备好了嘛。"

话题切换起来很快，她都有些听不太明白。她时不时抖抖半干的裙角，小眼睛赌气似的看看撞到自己的阿金夫。他低着头，手涨得紫红，一遍遍上下倒腾着，盆子里溢出一大团一大团白色泡沫。一个个碗亮堂堂的，齐齐摆在一旁。

可她依旧觉得他洗出来的碗，脏，就是不想吃。

后来她去外地上了初中，也就没再跟着家里人吃过喜饭。

初三毕业那一年，她姐姐结婚，正巧中考结束，算是难得的解放，她欣然去了。

吉时还没到，她就带着邻居家的小孩捉迷藏玩。她背过身，嘴里数着十、九、八、七、六……耳边听着轻轻的脚步声，忍住笑继续数着数。

"我来找你啦。"沿着小路找，没有。棚子里面找，没有。

她急起来了，唤着"小小、小小"，没人应。

她直挺挺地站在路中间，眼神掠过每一处。大人走过跟她打招呼，她也只是木木地笑一笑。有那么一瞬间，她仿佛过滤掉了周围的任何声响，像是听不见，又像是隆隆作响。

"燕儿姐姐。"是小小的声音在唤她。

她转身，忽地蹲了下去，抓着小小的手急问："你去哪里了？要是被坏人抓走了可怎么办？"

小小脸上挂着水珠，指指一个远去的弓着的背影，似哭非哭地说是一个爷爷带她回来的。"喏，他还给了我一个水果冻。"开饭了，她往洗碗的地方看去，果然是阿金夫。

他还是在洗碗，背看着更弓了，整个人比洗碗池高不了多少，一只脚歪搭在池子边上，手攥着抹布擦着一个又一个脏碗。她想起小时候的事情，内心有些不是滋味。

母亲告诉她，十多年前，乡里施家姑娘结婚，算是救了阿金夫一命，后来他就一直洗碗了。

她摇摇头，不明白这有什么联系。

那时母亲才二十出头，乡里施家办喜酒。不巧的是下着大雨，来的客人衣服、鞋子都湿透了，黏糊糊的总归是要抱怨两声。

忽有人惊呼，有人倒了之类的话。

母亲还没来得及弄明白怎么回事，就见一个干瘦干瘦的人被两个人搬进棚子里。大冬天的，这人只松垮垮地套了一件破袄子，脚光着，嘴唇惨白。正巧施家有个亲戚是赤脚医生，让灶头间泡了一碗红糖水，人总算慢慢缓过来了。

灶头间又端来一大碗米饭，满满的菜铺在上头，油灿灿的。阿金夫抓不住筷子，便用手扒着吃。有吃的就行，快饿死的人自然是顾不上其他的。

"走走走，大家也都上桌吃饭去吧。"赤脚医生挥挥手。

施家人回过头，看着阿金夫狼吞虎咽的样子说："不够，再去盛一碗。"又看了看外头的大雨，顿了顿："桥底下也凉，等雨停了，你再走吧。"

饭菜上桌了，母亲夹几口身边的菜，吃着。

雨一阵，风一阵，搭的棚子晃得厉害。乡里人家办喜事，一般会去借塑料棚子，在里头摆上桌子，才能够招待来的亲戚、邻里，可这薄薄的塑料哪经得住大风大雨。

母亲说，这顿喜饭，算是提着心吃完的。

"呀！你再晕死过去，我可不给你看了。"赤脚医生愤愤说道，一把把人拉进来。

只见那阿金夫浑身湿透，又是哆哆嗦嗦。人们哭笑不得。他讪讪地笑道："棚子晃，找石头，放到棚子下头抵住，就不晃了。"说完，从袄子里挖出刚才的碗筷，用袖子擦了擦，递给施家人。这碗，很是亮堂，估计是雨里冲的。

"饭，我不白吃。"

阿金夫脸上不知道是雨水，还是汗水，涨得通红。

施家人也是没办法，不让他做事情，他就不愿走，继续到外头淋雨捡石头也不是个事儿。"这样吧，阿金夫，你去洗碗吧。"指着一堆脏碗筷，小山似的。

阿金夫欢喜地走过去，好似找到了什么宝贝。到跟前，停了一下，用一块只剩下丁点儿的肥皂，反复搓手。说实在的，母亲和其他人一样，本来有顾忌，觉得脏，但看着他认真洗碗的劲儿，大家也就不说什么，由着他去了。

客人们吃着，笑着，主人家忙着招呼别人，没人注意阿金夫。

晚上，吃酒人都走光了，施家人收拾着东西。

一摞摞洗得白亮亮的碗，齐齐码着。

此后，每回有人家办喜事，阿金夫都会去洗碗。没人招呼他，就像是一个老亲戚，也像是一个不熟的人。他洗得越来越快，却依旧很干净。

饭桌上有喜糖、香烟什么的，他是从来不会拿的。每次洗好碗，人都走得差不多了，他自己拿着搪瓷杯子，要上满满一大杯子饭，再去人走完了的饭桌上夹上些菜。把空的硬纸板垫在地上，坐在上头，哼着小曲儿，开心吃着。

有时捡半截烟屁股，趁着火没灭，偷偷吸上两口。跷着腿，心满意足地走回桥洞。

再后来，他带上了另一个伙计，憨阿五。

憨阿五智力比阿金夫差，不怎么会应别人的话，也是同在桥洞里的，身子看着比阿金夫结实。母亲说刚开始他们也是一起洗碗，不过是多一碗、两碗饭的事情，办事儿的主人家也不说什么。

后来，她考上了一所不错的大学，是乡里第一个大学生。乡里人说要一起摆酒庆祝。

阿金夫岁数已经很大了，已经洗不大动碗了，还时不时说些胡话。憨阿五在一旁默不作声洗着碗。

一摞摞洗得白亮亮的碗，齐齐码着。

阿金夫高兴地自言自语指着她说："这个小囡囡我记得的，上回迷路了吧，我可给过你一个水果冻的。"

旁人笑道："是糊涂了。"

走时，她父亲给客人发烟，递了一根烟给阿金夫，他嬉皮笑脸地又要了一根。

"没想到你瘾头挺大啊。"

阿金夫没说话，偷偷把另外一根烟塞给了憨阿五，嘴巴里唔唔叨叨的。

后来，听说阿金夫死了，说是被撞死的。

找不到撞他的人，也不知道怎么被撞的。

再后来，没人再见过憨阿五，不知道去了哪里。

阿金夫没有家人，乡里的人凑钱帮他简单办了个仪式。这天，来的有施家人，有赤脚医生，也有不认识阿金夫的乡里人。

她回头望。

土堆上一根根点着的烟，袅袅的。

母亲淡淡说了一句，阿金夫，这人，不赖。

竹 匾

她是个早产儿。

二十多年前的冬天，她六个月不到时就出生，掂一掂分量，不过两斤多一点。这小人儿陷在碎花棉布里，皮肤皱巴巴的，眼睛、鼻子、嘴巴挤在一堆，肉粉拳头攥得紧紧的，大人的大拇指一般大。用两个手指拎着孩子的两条小腿，孩子呈倒立状，用另一只手啪啪啪地拍孩子屁股，怎么拍也没出半点声音。

坐在院子里的老人们看着襁褓里一声不响的小婴儿，摇摇头，都说养不活的。接生婆端着一盆血红的水，出去了。不巧，她父亲在工地上打工，跟包工头请假说等媳妇生产那天回趟家，可出了这档子事儿。电话好不容易传话过去，他愣了神，一脚踩空，从四楼摔了下来，还好网兜住了他，命保住了。

村里人都唤她母亲叫小牛，打小脾气倔，自己认准的事儿哪怕是撞南墙也要干。她母亲强忍着痛，像头发怒的狮子一样，硬是从老人们手里抢了回来。这么一来，仿佛用尽了力气，身子软软地靠在床沿上，指腹若有若无地抚过她的脸颊。像是有感应似的，她小小的身体发出了很小的一声哭泣。母亲悬着的心才稍放下一点。

从此，她就有了"两斤"这个小名。

生完后，母亲头上缠一圈布，坐月子。月子里也不闲着，做点小零活补贴家用，手忙着，眼睛也不能停，去哪都得盯着她，生怕她着凉、肚子饿。没有城里的摇篮，母亲就把家里晒黄豆的竹匾晒干净，铺上三层棉布，把小小的她安顿在竹匾里。做两个彩色布球，放竹匾里陪着她。出了月子，她结实了一些，母亲瘦了。

开春了。播种的季节，家里的农活还是要干的。她父亲腿摔折了，落下了病根，干不了重活，找了个轻松点的活计，工钱还过得去，就是离家有段距离，为了省下路费，不常回。她母亲肩上的担子更重了。到了时节，还要去田里翻土、上水、插秧，像个男子一样担起桶、扛起锄头，担起家，担起她。

每次去田里，母亲挽起裤腿干农活，她就听话地坐在母亲带的竹匾里，乖乖地守在树底下，嚼家里带的烧饼吃。远远的光直直照过来，把竹匾翻过去，往上一遮，光就一点儿也透不过来了，乐此不疲。

终究是力气小，为了赶上季节、气候，母亲得比村里的男子早起、晚归，才勉强够得上。中饭自然是不回去吃的，早上一起床，母亲烧好米饭，热好馍馍、烧饼，放在桶里，提上一个热水瓶。到了饭点，母女两个靠在树下，米饭早就半凉了，泡上热水当水泡饭吃，就着咸菜，吃得也很乐呵。

她就这么长到六七岁，身子骨还是比一般孩子瘦弱，夏天的短袖像是架在肩上似的。每回亲戚朋友瞧见，总是抓起她的手晃晃，摇摇头："唉，二斤像是不吃饭的。"有的话讲的人许是无意、热心，可母亲听进去了，不是滋味。

那时家里条件不算好，钱攒着给她当学费，也就过年的时候能吃上一顿大鱼大肉。她母亲托人去赶集的时候，捎回两斤糯米粉、半斤赤豆，开始学着做赤豆糕。做糕，得用竹匾，可儿时的竹匾被玩得洞眼大，细碎的末儿兜不住。

母亲托村头老张师傅做了一张新竹匾，第二天就完工了。竹片上下层叠，细密、平整，手拂过去，滑溜，柔和，没有一丝竹扎。沿上还每隔十厘米箍上一个圈。老张师傅摆摆手说不要钱，可母亲不，包了六个鸡蛋给他，张师傅犟不过，只好收下了。

晚上，收拾好碗筷，母亲拿出竹匾，温水布头过一过，等个半分钟，将糯米粉混着煮烂的赤豆摊在竹匾里，用长竹筷搅在一起，试试松软，再舀着倒进自己做的圆形糕筒里，在烧开的灶头上蒸。

她最喜欢捣蛋了。趁母亲转过头的工夫，用筷子偷偷在粉上写一个大字。再把筷子横过来，轻轻抹平，自己还得意得很。

母亲看看竹匾，假装疑惑地问："怎么粉撒出来了呢？"

她就做个鬼脸，给母亲捶背。母亲把她揽过来，坐到腿上，刮一刮小鼻子："你个小坏蛋，要多长点肉才行啊。"母女两个嘻嘻哈哈笑作一堆。

不一会儿，灶头间飘着赤豆糕的香味，搁上一颗蜜枣，她急吼吼掰下一块，真香哪！

以后的日子里，母亲像变魔术似的，从竹匾里拿出各种各样的食物，芝麻糕、菜饼子、南瓜糕，她的小脸也白嫩起来。

时间过得很快，她出嫁了。

出嫁那天，来看热闹的亲戚们，都夸新娘子长得好。母亲只是笑笑，递给她两块赤豆糕，里面放着红丝、绿丝、蜜枣，一个剪好的喜字铺在上面，空气里都是甜丝丝的味道。

离家的日子，淡淡地过着，有开心，也有不开心。

父亲去世以后，她想让母亲搬过来住，母亲总说一个人自在。年纪大了，拗不过她。母亲来的那天，是冬天，她去车站接母亲。一个简单的手提编织袋，背上背着竹匾。风吹过，竹匾里散出一丝丝亲切的味道。

到了城里，母亲液化气不会开、门不会关，菜场也记不住地方，教了好几遍还是忘记，像个手足无措的孩子。她看着母亲恍神的样子，心里一动："妈，好想吃小时候的赤豆糕啊，你帮我做吧。"

晚上，母亲从房间里拿出竹匾，上面一层灰，擦一擦，其他倒是没什么不同，依旧严丝合缝的。她与母亲一起和糯米粉、拌赤豆，倒进模具里，在高压锅里蒸。一打开，厨房里充满了赤豆香。她急吼吼掰下一块，真香哪！

"都多大的人了，还像小孩子一样。"母亲用手指点点她的额头。

母女两个嘻嘻哈哈笑作一堆。她帮着母亲一起做赤豆糕，一块接一块。

"待会儿拿着给楼下的都分一分。"

"好嘞，遵命！"

母亲的眼里，有光。

磁　带

　　儿时，家里大多就一个孩子，父母忙家务、上班，我们都得自己找乐子，不像现在，有各式花样的玩具。"中英文电脑学习机"小霸王，"大屁股"彩色电视机，翻盖小灵通……都是承载着时代记忆的宝藏盒。

　　周末，自己拿电视机遥控器玩贪吃蛇。全黑背景，一只绿色方块蛇上下左右移动。小灵通屏幕小，不能联网，但有几款系统自带的小游戏，像打地鼠，常把母亲的小灵通玩到没电。

　　最厉害的，当属小霸王学习机。那时如果谁家有一台小霸王，在班级里能得意好一阵。直到三年级那年，她终于有了一台表姐家传下来的小霸王，拿到的时候包装已经被压得这边一个口子，那边一条缝，机器也有些老旧，但依旧开心极了。把机器连好，擦干净，像举行仪式般郑重地插上黄色卡带，启动小霸王。

　　印象中学习的部分就练习打字，小霸王里附带的"学习类"卡带，没几天就被丢在柜子里积灰，其他时间都是玩游戏。坦克大战、马里奥兄弟，这种比赛类的游戏，一个人玩没劲，有时亲戚来家做客，拉上表妹，一人一个手柄。

　　大些，学业重了，眼睛近视得厉害，大人们也知道学习机基本不用来学习，电视不让多看，手机也不给玩了。只剩磁带，可在枯燥、单一的学校、家两点一线中给予我们一点快乐。

　　说起磁带。小房间里一张木制写字桌，桌子上有两个上锁的抽屉，一个是爷爷的，一个是她的。

抽屉里有带小钥匙的日记本，藏着少女时代的心事，还有很多磁带。有讲故事的，有周杰伦的专辑，最多的，是英语听力的磁带，林林总总一打。十多年了，光滑的塑料面，已经磨成了磨砂的质地。每张磁带里，会有一张介绍页。挺括的纸片，一页加半页，会有内容，像歌名、照片、图片，不用打开就能看得明白。

还有几团黑色的带子胡乱堆在一起，大概是小时候出于好奇，以为会像胶带一样，见了光就不会有声音了。结果抽了一堆，绕来绕去，终是回不到最初的两面严丝合缝的样子了。

一开始是小时候晚上要独立睡，胆子小，还怕黑，睡不着。父母第二天要上班，讲故事到很晚也吃不消，就想到用磁带。那时候没有网络购物这一说，菜场也没有大件，特意乘公交去市里的新华书店买播放器。柜台中间，一个黑色的播放器，两个响亮的喇叭。售货员在一旁介绍，还插上电试了试。父亲挑了好一会儿，最后还是买了这台。记得很清楚，要百来块钱，那个时候父亲的工资不过千。

新华书店二楼，有一排都是磁带。她抱着播放器，抬头望着放在柜子里的磁带，父亲一盘一盘翻看着介绍，挑选着，念着故事的名字。一个个动物、人物在书架上跳动起来，仿佛实打实就在眼前。回家的公交车上，她吃着车站买的甜甜圈，抱着磁带，父亲提着播放器。她把磁带放进去，又拿出来，换一盘，放进去，又拿出来。耳朵贴在音箱上，假装有声音，满足极了。

有磁带陪伴，给讲故事，听完了 A 面，自己爬起来换 B 面。伟人的童年故事，发明家的事迹，小青蛙的故事，翻来覆去听，听到能讲出一整个故事，但还是津津有味。小房间里，外头青蛙叫声阵阵，里面听着故事，慢慢入睡，也不害怕了。

后来有了步步高复读机，比较轻便。四四方方一台，淡紫色的，有录音的功能，可稀奇了。拿磁带听听力，做听力作业。没有其他学习英

三山半落

语的途径，就一直循环播放，录声音，听一遍，暂停一遍，录一遍。

上学时，带到教室。中午休息的时候，换上周杰伦的磁带，耳机你一边我一边，听得入迷，一起轻声哼着。几个要好的同学围过来，一起听着熟悉的旋律，盼望着课间五分钟能过得慢一点，慢到能多听一首歌的时间。

那会儿有 MP3 的很少，大多是用磁带。一盘磁带要五六块钱，所以攒零花钱得攒很久。周五放学，抓着一堆硬币，和好友去门口的礼品店挑。默契地商量着买各自喜欢的，这样就能交换着听，听到更多的歌。老板娘人好，还会送一串印有周杰伦照片的钥匙扣。我们会买最漂亮的笔记本，贴上最喜欢的贴纸，拿出写钢笔字的最高水平，在笔记本里写下最喜欢的歌词。这是磁带岁月特有的仪式感。

听父亲说，20 世纪 80 年代潮人必做三件事：听歌、跳舞、烫头。燕舞牌双卡收录机的广告长期占领了央视的黄金时段，"燕舞、燕舞、一曲歌来一片情"。父亲平常看着严肃，尤其在学生眼里，但年轻时候也是一个时髦小伙。曾经老家屋子里有一个大的清晰立体声双卡收录机，半米长，上面很多按钮。

当时父亲工资不高，一百多块一个月，攒了好几个月才买了下来。按以前的风俗，娶母亲的那天，一起贴上大喜字，搬去新房。从乡下的两间平房传来刘欢、邓丽君的歌声。

在那个年代，收录机就像我们那时的小霸王学习机一样，当年只要有小伙子手提收录机出现，小皮外套一穿，墨镜一戴，身边的同龄男女就会自动向其靠拢。彼此交换磁带，一起跳舞、唱歌，随着歌声的起伏，沉浸其中。

后来机器老了，连着磁带一起，被当作旧货，论斤卖掉了。

修　剪

门前是两排梧桐树。"一株青玉立，千叶绿云委。"梧桐树，三字皆木。夏天纳凉，越是浓密越好。

孩子们在空地上玩一二三木头人，一个孩子闭上眼睛面对树，高举着手掌，数着一二三不许动，身后一个个做出起跑的姿势，手指抵在嘴边，互相嘘。

树上一只燕子风筝挂了有些日子，尾巴飘起，又落下，风吹日晒的，颜色也浅了。远方的鸟儿停歇在树枝上，在高处筑自己的巢，一树葱郁中，褐色的鸟巢显眼得很。

可到了初冬，就变样了。一是阳光难照进来。即便有些许光斑透射进来，沙沙的风声夹着树叶声，不觉令人有阵阵凉意。二是茂密的枝叶遮住了居民家的窗户，蚊虫多了，光线也被遮挡了不少。冬去夏来，秋雨叶落，到了这一季，又到了该修剪一番的时候了。

走在平常的公园路上，一个老妇推着婴儿车，不慌不忙地走着，车兜里塞着奶瓶、抽纸、饼干。光，浅浅印在孩子的脸上，孩子盯着光斑，小手上下扑腾，咧着小嘴笑。温度和昨日差不了几度，穿得也不多，却觉得今日的天气暖和不少。抬头看，原先密密叠叠的树枝透过不少光来，树枝之间的缝也大了许多。

这时才发现。两旁堆了不少修剪下来的树枝，有单一根的，也有树叶长势好的，一排一排堆得齐整。远处养护工人开着车，在沿路修剪树枝。细的树枝，直接用手持修枝剪，粗一些的，用砍除器，再粗，像大腿那样的，就要用锯子了。这两排梧桐长得高，得用升降机才够得着。上面依次剪着，下面戴着麻布手套，戴着黄色安全帽，弯腰清理着。

"七分管，三分剪。"听养护工人说，每年一般剪两回，这么一来，树木能有更好的空间去生长，养分保持在最旺盛的状态。这个季节剪了，要是冬天下雪、刮大风，也不怕掉落下来，砸到路上的行人和往来的车子。

伸出手，捧起一束微光，早晨的阳光没有正午晃眼，却是暖暖的。深吸一口气，耳边沙沙的树叶声伴着阳光徐徐撒下，置身其中，眼睛不自觉闭上。那种透亮，是闭上眼也能感受到的。

很多事情都是这样。以为未来某一刻会用的，也许永远不会到来。我们以为不可修剪的某些片段，其实也没多么不同。

单位用的是台式电脑，老系统，资料一多，就会卡，网速慢不说，好几次会莫名其妙重启。自己重装过几次系统，但很多大的文件和软件总不想删，觉得哪天兴许会用到。刚开始烦躁，后来也就习惯了被重启的日子。

有一阵电脑突然蓝屏，重启多次无果，送到维修店去修，忘记备份了，修完回来发现用倒是能正常用了，但其中一盘里的文件没了，可急坏了。坐着花一个下午，努力回想有哪些文件，想着如果马上得用到该怎么办。绞尽脑汁地想，却想不起来，背后直冒汗。

后来，用着用着，也慢慢忘记了以前安装的软件和多数文件。就和旧手机一样，一开始觉得兴许会派上用场、不舍得删的照片，当真丢了，不过是一切重新开始。

原来，很多东西少了，也无关紧要。

记得上大学的时候，宿舍五个人住，上铺睡觉，下铺是写字桌，写字桌旁边有一个巴掌长、两米高的衣柜。东西很多，每个角落都是满的，书啊、护肤品啊、衣服啊。找起东西来也是翻来翻去，还美其名曰有自己的摆放规律。

最神奇的是，永远能给新东西腾地方出来。到毕业季，操场上学长学姐卖书、卖衣服、卖各种小玩意儿，扎头发的、乐器、字典，和舍友们逛，每次都能捧回来一摆，找个地方安置好。

后来轮到自己走的时候，要打包行李，发现几大箱都装不下。很多东西从来到走，几乎没怎么用过，可是每次收拾的时候也没有扔。也不是舍不得扔，就觉得也许哪一天会用到，这么一天，直到离开，也没有等到。走时，也摆摊卖了，不会揽客，没怎么卖出去。整理好，直接留给了宿管阿姨，还有学妹们。

还有头发。小时候她剪头发，剪一次，哭一次。她不明白，别的小姑娘，可以扎长发，马尾啊、羊角辫儿，讨论好看的别针、发卡，她只能剪齐耳的短发，像个男孩子似的。

赌气，被爷爷奶奶拉着去剪，在马路上拉着奶奶的手，蹲下来，往反方向拽，哭得鼻涕、眼泪一团。可最后，只能缴械投降。大学以前的毕业照上，她都是短发的模样。

后来，她上了大学，开开心心留了长发，才理解了爷爷奶奶的想法。老一辈的老人，不懂得怎么教育孙辈，只知道照着老想法，以为剪了头发，就没有心思用在打扮上，可以一心一意学习了。

暑假回家，奶奶抚着她的长发，用梳子来回梳，她靠在奶奶的膝盖上，听着儿时为了剪头发哭闹的场景，祖孙两个都笑了。

到四点，小区居民们开始做饭，饭菜香味顺着窗户飘了出来。

树枝间的鸟巢，历经好几次修剪都还在，陪伴着梧桐树，叽叽喳喳，道着平常日子，数着油盐酱醋。

觉

夏日闷热的气息，裹着蝉声、汗味、热风绕在周身散不开，开半个冰西瓜挖着吃，解暑又畅快，电风扇再加大一档，看上一集《舌尖上的中国》调调胃口。

一山一水、一食一色。举手投足间窥探纯粹的生活，一个个鲜活的人物、一个个细腻的故事，尤其纪录片中大人、孩子、老人都敞开怀的吃样，足以窥见对指尖食物的珍惜、对味道的朴实表达。是食物，更是情怀。

记忆中的味道总是与怀旧有关。

高中学校有厕所鸡蛋饼的"传说"，也是从一届一届的学长学姐口中传下来的。就在距离校门口一个路口的公共厕所前，有位老阿姨在早餐车里做鸡蛋灌饼，路过常见一长排的队伍。早上排队的人尤其多，不单单是学生，还有早起赶公交车的上班族。老阿姨的鸡蛋饼，薄脆、香肠、包菜、鸡蛋一样都不会少，她还会自己炸串，年糕、藕片、里脊肉……炸好后小铲子一推，就从杆子上滑下来了，一层层叠在鸡蛋饼里。旁边一排小罐子调料，有自己调的辣酱、咸菜丁、香菜。前面有个放零钱的盒子，把十块钱放进去，自己找零。

去得勤了，老阿姨就认得了。等着的时候，把课上要抽背的资料拿手里，嘴巴里念叨几遍，有时候背在中间段，不能停下来，就向老阿姨轻轻比画两下，要加哪些她心里就有数了。有时也会聊上几句，老阿姨说自己在这里摆了很多年的早点摊，送走了一批又一批学生，哪年考了几个清华北大的，一本二本分数线多少，她都知道。有的学生，毕业了回来看看母校老师，还会来排队，吃一口鸡蛋饼，再跟她合个影。

这早餐车距离校门口，短短一百来米的路，早晨六点左右，路上很安静。一到中午饭点，就像按下时光机器，校门开启，浑身洋溢着青春气息的学生们，从红楼走廊下来，在这百来米的路上觅食，尽情喧嚣。

后来听说高中搬新址了。前些年校庆回去过，新址很远，崭新的教学楼、曲水亭林，学生们依旧是朝气蓬勃的模样。可红楼没有了，鸡蛋饼也不在了，走近校园，像是参观者，少了几分拥抱母校的归属感。也终于成为老阿姨口中毕业的孩子，可惜那时没找见她。也吃过其他地方的鸡蛋饼，看着相似的薄脆、辣酱，却总觉得失了份味道。

她觉得自己挺奇怪，偏爱一些一般人不爱的味道。楼下人家装修，路过门口，用力吸一口门上的油漆味。去加油站加油，汽油弥漫的味道，竟觉得清新。刚打印出的 A4 纸，温热的纸张带着油墨香，好闻极了。

她也对四季的味道敏感。

春天，十字路口开了一路的樱花与玉兰。春风拂过，草叶舒展，雨后的嫩芽有青涩味道。女孩子换上新的碎花长裙，粉红色的发圈扎成两条辫子，嘴里咬着草莓味的棒棒糖。少年骑着自行车，白色 T 恤上的香皂味飘过，笑起来牙齿白亮亮。母亲晾着被单，干涩的手上有洗衣粉的味道。孩子围着围兜，在院子里往洗水盆里倒肥皂水，呼呼吹泡泡，泛着七彩光泽。

也熟悉夏天的味道。一楼的出租屋里，没有冰箱，没有空调，晒上一整天，热气哄哄，还湿热。半夜睡不着，冲个凉水澡，搬一把塑料凳，坐在阳台上看星星，跟着手机里的旋律小声地哼民谣。前面空地上焚烧秸秆的呛鼻味道，混着脚下花露水和蚊香的味道。树林里萤火虫扑闪，少年光着脚，吹起了口哨，沿着海边捡海螺，仰头咕嘟嘟喝着北冰洋汽水。

秋天的温度与春日相近，不热、不凉，但味道终究不一样，更重。

夕阳西垂，风里有植物凋零、泛黄的低沉气息，也有果实成熟、丰盛的喜悦味道。红透的枫叶飘落到泥土，浮着鞋印子，有新生的味道。桂花远远地就飘来香味，晨露点缀在花瓣上，甜味淡了些。大爷们穿着长袖，围坐在车库外面，下象棋，烟雾缭绕的。还有新学期书本的味道，写上班级和名字，用力吹一吹，吹到黑色墨水干透。

冬天，太阳投下白茫茫的光影。无人的街道，雪花落在她的睫毛上，凉丝丝。孩子们拿着小烟花，一点上就绽放出肆意的光来，手挥着，画一个个圆，点亮新年的喜乐味道。车站旅人背着行李箱，等着回家的班次，剥着一袋子的茶叶蛋，红色的酱油浸着蛋香，入味极了。

书中有百味。近日读德富芦花的《春时樱 秋时叶》，四季为章。春节时分，樱花烂漫，见大海与岩石。梅雨乍晴的夏，赏碧色的花。秋分，泛舟河上，阴雨绵绵。初冬，在海上迎日出，晨霜映日，寒月落雪。在自家院子，万物上演着自然的生与灭。累的时候，翻一两页，心不觉舒坦。

以前课业重，最爱读的是《红楼梦》。一是其中画面丰盛，读起来时而畅快，时而悲凉；二是正好是文科必考书目，有正当理由可以读"闲书"。后来时间多了，眼花缭乱的书籍似是有着千万种姿态与气味扑面而来，这不忍放，那不忍落。到头来，最耐读的，还是经典。

歌里也有生活中的浅唱低吟，或喜或悲。一把吉他，闭眼侧身，轻声弹唱，单一的光源在木地板上铺开，慢慢地充盈起来。静静的暖意，随旋律流淌。不经雕琢，浅唱低吟。唱之间情谊，唱溪水流长，唱你，唱我。

听的人啊，心绪也被牵动着。而未曾尝过世间百味的少女，耳朵里插着耳机，顺着歌词，在日记本上写下校园里发生的故事，时不时托着腮，望天上的星。

天色暗下来，晚睡的人，起身倒一杯世味煮成的茶，久久不愿入眠。

彩　虹

美好的事物，总是令人心生欢喜。

枝丫丛生的树林里，三两只鸟儿的叽喳叫声。在火车站台上冻得跺脚，摸着兜里揣着的回家的车票。刺骨的夜里，哧溜钻进白天阳光晒过的四方棉被里。幽静的夜，悄然开放的柔白昙花。还有雨后，不经意在空中舒展开的彩虹。

小雨过后，路面上湿漉漉的，叶子含在水珠里，似是揉着眼睛午睡半醒的女子。行人收起伞，上下抖落起来。池塘里的小鱼又探出头来，在浮萍间优哉游哉。远处，弧形的彩虹浅浅地挂在天边，过一会儿深一些，十来分钟过去，彩虹的色彩渐渐地又变淡了，浓淡相宜，连最外处的光晕也变得透明、慢慢地消失了。

常听歌里唱，不经历风雨，怎么见彩虹。所以小时候的她，每次雨快停的时候，习惯在窗口，托着腮望天空，期待着彩虹的出现，当然，多数时候是失落。最让人欣喜的，也是无意间的绽放。

下小雨的日子是最适宜睡午觉的，耳边的沙沙声像是大自然的纯音乐，平和、轻柔。平常的一个雨天，她抱着被子，窝在客厅沙发里看《飞天小女警》，整个人恨不得钻到电视机里，外面声音嘈杂也不愿挪半步。奶奶拿着晾衣竿，在院子里收衣服，头往里屋转了下说，妹妹，彩虹出来了，还不快来看，就要没了哦。

她听到彩虹，噌地一下跳起来，拖鞋都没穿就直冲出来，真的是五颜六色的彩虹。她指着彩虹，蹦着跳着叫着，眼看着颜色越来越淡，手四处抓来抓去。没有手机，拍不了照片。一拍脑袋，光着脚丫奔去小房间，把蜡笔和纸一把抓出来。端个小凳子，坐着仰头使劲儿望彩虹。看一眼，画一笔，用手指比画着，一定要辨认出来是什么颜色，多少个颜色。

可彩虹，渐渐消失在天边，还没来得及画下来，光影越来越淡。她急哭了，小小的人啊，只能照着书本上的颜色，画完彩虹，在右下角认真地写上时间和名字。摸一摸纸，脸斜对着轻轻吹，把蜡笔的粉末吹干净，再收拾好蜡笔和板凳，把彩虹塞到小房间的桌兜里，和其他画的画夹在一起。

奶奶见屋里没动静，就知道小丫头又想爸爸妈妈了，就放下手里的晾衣竿，戴起老花眼镜，坐在她身边，摸摸头，一起数七个颜色，夸她画得好看，安慰她再过几个月，就是过年了，就能让父母看到彩虹了。她看一眼挂历，快了吗，快了吧。

第二天，老师上课，说到彩虹，班里的孩子们一个个举手，有父母给拍照的，有家长们等天晴，带着去空地上放风筝的。她头埋得很低，眼泪在眼眶里打转，手里来回摩挲着衣角，不知道身处南方的父母，有没有看见美丽的彩虹，有没有想家。

她还记得初中物理课上的半天然小彩虹。午后的教室，漫布着午睡的热气。树枝上，知了吱吱吱地叫唤，顶上风扇吱吱转着。铁窗户露出一条缝，不时一阵热气涌进来，软绵绵地打在脸上，头涨涨的。她看一眼周围，一个个脑袋耷拉在桌上，淹没在一堆书后。揉一揉眼睛，继续做着几何题。

上课铃声响了，是热情的斗牛曲子，同学们一个个开始慢慢挣扎着抬起头。她放下笔，拿出物理课本，翻看这节课的内容。初中物理老师年纪轻，讲笑话、接段子，容易和班里的男生熟络起来。

他提着三棱镜、几本课本、一把木尺，踏着斗牛曲进来了。瞄一眼睡眼惺忪的底下，推一把眼镜，木尺敲几下黑板，开始讲课。"同学们，上节课学的是光的折射，光从棱镜的一个侧面射入，从另一个侧面射出……"

老师一边提问，一边解答，把三棱镜放在讲台上，打开手机手电筒，转着方位，寻找角度。大家唰一下睁大眼睛，盯着白墙壁，寻找着彩虹的影子。

出来了，出来了，彩虹！坐在讲台旁边的同学踮起脚尖，兴奋地叫着。大家都坐不住了，顺着手指的方向望去。墙壁上朦胧的色彩延展开来。平常严肃认真的校园，一下子温柔起来了。她，只抬头看了一眼，又继续看向课本。

不知为何，哪怕是再见雨后彩虹，她也不过开心片刻，就归于平静。朋友圈里，大家默契地晒着各种角度彩虹的照片，年轻的母亲牵着孩子的手，蹲下来，指着天边的彩虹。天、地、人、情，都沉浸在不知道某一刻会消失的美丽中。当下不管有什么不开心的事情，心情都放晴了。而她不过是淡淡的，插上耳机，听周杰伦的《彩虹》——哪里有彩虹告诉我，能不能把我的愿望还给我，为什么天这么安静，所有的云都跑到我这里……

长大以后还是如此。

她办公室靠窗，女孩子们兴奋地叫着，对着窗外的彩虹拍照，自拍、合照，再发朋友圈，互相点赞。她也不过瞥了一眼，要好的同事招呼她起身看彩虹，她笑笑挥挥手，继续埋头在电脑和一堆资料里。她总是想起，儿时那张画着彩虹的纸。

那些相亲的对象，礼貌地聊上几句，一起吃个饭，总是没有下文。男生们说她高冷，莫名的疏离感。父母跟她谈心，让她差不多就可以了，没有人会十全十美的。她也是笑笑点点头，盼望着去乡下的日子，奶奶会用长满老茧的手，摸着她的头，告诉她不急，会来的。

后来遇见他，是去海南散心的时候，是夏天。刚好坐在大巴的一排座位上，导游在车前面唱歌，大家玩游戏，气氛很热烈。他注意到她总

三四半落

是低着头，看窗外，不参与也不说话，就主动介绍了自己。

一路上逗她玩，讲见闻、笑话，她礼貌笑笑，皱了皱眉头，往人群堆里靠了靠。到一处景点，有两大排大棵盆栽的植物，每个都接有一个钢制蓬头。刚好浇水，四周的蓬头一起打开，树叶在水雾的帘中轻轻摇曳。

同行的孩子们惊喜地叫道：彩虹！

他顺着大家的手指，找彩虹的影子。果真，浅浅的印子，一会儿又没了影子。他看到她眼角的失落和走开的背影，拉着她的手臂找彩虹，一棵一棵找过去。这里没有，就各种找角度，直到水浇好，蓬头关上。

一会儿，他突然跑开了，她习惯地又看看手机，觉得这人真是莫名其妙。眼前，一个个七彩的泡泡飞在空中，他额头上冒着热汗，手里拿着一大把吹泡泡机，用力吹着。还分给周围的孩子们一人一个，她也一个，一起吹着泡泡。

她笑，吹了下手中的泡泡机，那漫天的彩虹泡泡，美极了。

超　人

　　她是一个泪点很低的人。

　　电视里常播公益广告，哪怕见了几遍，还是会热泪盈眶。生活中的美好细节，一经刻画，便觉得很动人。

　　婚礼，是容易落泪的场景。从小到大，参加过很多亲戚的婚礼，说实话，很多远的亲戚，本身就不太熟，所以那种沉浸的感觉不是太强烈。之前参加好友的婚礼，虽然大致流程差不多，但看到好友穿着纯白婚纱，揽着父亲的手，徐徐走过红毯的那一刻，觉得挺不可思议的。

　　那个上学时一同闹着笑着开着玩笑的女孩仿佛完成了一个人生中的重大变化，她安静，带着一丝丝紧张和激动，但更多的是一种笃定的深切感。父亲将女儿的手放到新郎手中，就这样，一只手从一个男人手中托付给另一个男人。

　　电视剧里很多这样的场景，但在婚礼上显得格外真实，看到新娘紧紧握着父亲的大手，看到父亲些许泛红的眼睛，看到递给新郎后不知所措、转身离开的那个背影……

　　喜欢父母上台的环节，他们不再在场下默默看着台上，而是在所有祝福中给予新人天底下最真最真的祝福。记得一个姐姐结婚，叔叔上台前还说不哭不哭，有什么好哭的，一开口就哽咽得说不出话来，后来还是哭着笑着将祝福的话语说完了。虽然有的话很生硬，但那种坚定而微颤的语气，令人忍不住心里酸酸的。

小时候，觉得父亲是超人，什么都知道，什么都会，能解答乱七八糟、形形色色的奇怪问题；还能让骑在脖子上的她摸刺猬一样的胡须，扎得咯咯笑；能对着家里的墙画一道道线，比画着看长高了多少；能一只手将她挂起来，荡秋千。

长大以后，也会问父母的意见和想法，虽然他们过来人的想法也许并不适应现在的社会，但更多的是一种归属感，是一种心安。

记得小时候，家门口有爆糙米的，师傅右手摇动着爆米机，左手呼啦呼啦地拉着风箱，砰一声，一炉糙米炸好了，香味无拘无束地弥漫在空气里。小时候哪能受得了这等诱惑，走不动道，父亲不许吃这些杂七杂八的东西，她就很不高兴地回家了，发小脾气，一晚上都别着小脸不说话。

第二天起床吃早饭，一碗白米粥，一个煮鸡蛋，仿佛做梦一般，一块白白的糙米糕静静地躺在盆子里。咬一口，淡淡的糙米香息氤氲，恣意钻入鼻翼。耳边传来：粥多喝点，爆的东西以后少吃点。

可能是因为性格与职业的关系，不单单饮食，在学习方面父亲也很严格，常常觉得委屈。一本字帖，每天练字，从第一页写到最后一页，又从最后一页写到第一页，小孩子坐着不老实，喜欢东看看西看看，每天必须达到练习任务，一点点商量余地都没有。还有诵读文章，楼下孩子过来玩，一个人默默在房间里看啊、读啊、背啊，听着客厅里的欢声笑语，他们还一起吃好吃的，别提多委屈了，就会别着小脸满满地不乐意。

但是见字如面，和朋友们写信、用笔时的一撇一捺，总是会回想起曾经用过的力，觉得很值得。

她想她是感激的。

可很多时候，孩子不动声色，尤其是所谓长大以后。小时候在外面受了委屈回家，总是在爸妈面前哭着说，现在受了委屈回家，要想着办法在爸妈面前保持微笑。以为假装得很像，但其实都逃不过他们的眼睛。觉得自己什么都懂，什么都会，变得不耐烦，变得无所谓，变得令人心寒。

《归来》里，饱受思念之苦的陆焉识回到上海家中，却发现岁月改变了他的生活。当看到他女儿对他态度几经转变时，很心疼陆焉识，在父亲的位置上找不到自己的存在，却还是默默微笑着。更多的时候，多数父亲都像陆焉识，对待子女，不动声色，却饱含深情。

写东西喜欢安静，父亲就会把水果切好默默放到桌子旁边。第二天早上打呵欠，他就会问昨天是不是很晚睡觉。上学的时候打电话回家，接了说两句就给老妈，在一旁暗暗说问什么、问什么。有次寄明信片回家，父亲就说怎么字写得这么潦草，回家后才发现父亲把所有写的明信片都放在床头。

在他们眼里，我们一直是孩子。

可终究，时光不停，他们越来越老。什么时候觉得父亲老了呢？经常看养生节目，虽然都是很正规的电视节目，但前一天看到说什么养生好，没几天家里就多了这个。还有之前微信发红包、转账不太会用，要示范几遍才记住。以前有白头发，会让老妈拔，现在多得已经拔不干净了，索性不拔了。

还有他离去的背影。朱自清的《背影》我们大多记得，感同身受后再看，更觉深刻细腻，真挚感动。

那是上高中，她第一次离家去市里读书，大包小包，交学费、去宿舍打扫、挂蚊帐，收拾好了，他们就走了。她站在宿舍走廊口，挥挥手，看着他们离开，就这样从门口越走越远，直到父母的身影看不见。

后来听老妈说，其实他们没有走，而是远远地看着她进了宿舍才走的，父亲只说了一句，看着她站在宿舍口张望的时候，蛮心疼的。

她后来总是开玩笑，问父亲有没有饱含热泪，老爸说没有。老妈总会插一句，我怎么看你眼睛也蛮红的。所有的大人都是孩子，很多时候为了担负一些东西，收起柔软的部分，父亲如是。

父亲很少哭，但是一起看《等着我》的时候，有时候会忍不住。许是年纪大了，少了严肃的部分，越发柔软了。

虽然我们心里千万个不愿，但是他们总会老去，总会生病，即使是那个曾经毫不费力抱着我飞转的爸爸。

如果有一天，他不再是我们的超人，那么，我们会成为他的铠甲。

指 甲

　　五月份的晚上算不得太热，她习惯吃过晚饭去小区里散个步，随便穿上一双凉拖鞋，踢踢踏踏出门去，从皮鞋的密闭空间释放出来，十个脚指头畅快呼吸着，拖沓的脚底声听得舒服。低头一看，指甲有些长，得剪一剪了。

　　记得小时候路过澡堂，街口有扦脚师傅，忘记是一块钱还是五毛钱一次。堂倌拉长着吆喝声："来修——"修脚师傅就应声而至。修老皮、老茧、厚指甲、鸡眼，修脚师傅都能上手。遇到厚甲，先锉后断，不会用力硬断。老一辈们说，现在街口正宗的修脚师傅越来越少了，弄得也没有以前干净。

　　她母亲原是幼儿园老师，简单的曲子，像《小星星》会给孩子们弹钢琴听，身材也好，跳健身操获好几次奖。后来有了她，没人照顾家里，就找了家饭店干活，她的童年因此和油盐酱醋相伴。父母两个人都是热心肠，能吃苦，店里忙，就去后厨帮忙。饭店老板是老夫妻俩，看在眼里，有机会就让父亲掌勺烧个小菜，母亲闲时就在一旁琢磨。几年省吃俭用攒了些钱，开了家小农家乐。

　　现在也快到退休的年纪，为了交满社保，在做停车收费。工作换来换去，都是站得多，走得多，母亲得了灰指甲，到现在一直没好。年纪大了，身材没有当年模样，自己剪指甲弯腰很吃力。剪完五只脚指头，满头大汗，不得劲儿。

她见母亲这么吃力，开动小脑筋。一把指甲钳，一把锉刀，一个小板凳，开始了剪指甲生涯。灰指甲的特点是厚且硬，有些还是中空的，有些会连着肉，一开始剪的时候时常弄疼母亲，母亲总是忍着不说。最早的时候，用的是平头略带弧度的指甲钳，角度过大，剪起来特别费劲，手指头经常因为用力而红通通的。剪好的灰指甲毛刺不平，她拿起小锉刀，慢慢地磨平，两只脚，十个脚趾，一般来说都是半小时打底。后来，经验多了，会让母亲先泡一会儿脚，稍微软化一下指甲。

后来她去扬州念大学，修脚是扬州技艺之一，俗称"肉上雕花"。一次偶然的情况，她得了甲沟炎，指甲长到肉里，引起发炎，听当地同学介绍，找了学校门口的修脚铺子。只见修脚师傅缓缓掏出十八般兵器，从中挑出一把尖头的指甲钳，搭配上双氧水，剪掉了长在肉里的指甲。她心思细，观察师傅的手法，自己也学着样准备了一把。在不断钻研之下，剪指甲的手艺不断见长。

一次家庭聚会上，母亲把她不怕苦、不怕累、不怕脏，有耐心剪指甲的事迹宣扬了出去，奶奶就像遇到救星一样拉住了她的手：乖孙女，来帮奶奶看看，奶奶这指甲好不好剪呀。

她拿出一整套装备，包括平头指甲钳、尖头指甲钳、锉刀、去腐肉的小铲刀。一顿忙活之后，奶奶赞不绝口："灵格，灵格，比街道里的扦脚师傅弄得还要好。"母亲一听，马上接上了话头："我就说吧，丫头这手艺很好哦，您老以后的指甲就交给您孙女就好啦，糖醋排骨可要多烧几顿呢！"说完母亲和奶奶的脸上同时流露出自豪的表情。

大概一个月帮奶奶清理个两三回，慢慢剪，聊聊她儿时的趣事。奶奶摸着她的头说，小时候她有咬指甲的习惯，撕倒刺，回回出血。上了小学还是改不掉，眼看着就要上初中了，什么法子都试过了，大人哄她，手长，指甲长，可以学钢琴。爷爷说，再咬，指甲上的白点会生出来的。李阿姨说咬手指，是因为肚子里有蛔虫，要买驱虫药，就是以前那种糖一样甜甜的片。可最后，还是奶奶治好的。

奶奶年轻时与同村的姐妹们染指甲，就想了这一招。奶奶去乡下薅了一把凤仙花，把花捣碎，加一些明矾，容易上色，接下来把捣碎已经成糊状的花放到指甲上面。将撕好的条状蓝布，一圈圈包在手指上，最后用白棉线绕圈系在她的指头上。

　　夏天很热，她十个指头全部像受伤了一样缠着，指头不透气。蚊子嗡嗡嗡，她想要挠一下指头却根本使不上力。第二天早上，她盯着拆掉白棉线，拿掉基本已经干了的花，就看到红色的指甲，好看极了。

　　这种红和现在的指甲油还是不一样的，随着时间过去，颜色会慢慢淡一些，抠是抠不掉的。等指甲长出新的，头上一抹红色也很美。她后来，就再也没有咬过指甲了。

　　剪好指甲，奶奶拿起她的手，放在阳光下，细细摸指腹，奶奶告诉她，看指腹，能看得出来太阳、簸箕的，太阳越多，福气越好。

　　奶奶笑着摸她的手说，我们丫头，福气啊最好了。

三山半落

美

近傍晚的阳光，斜打下来。

穿着复古旗袍的女子，斜靠在石库门的老墙上，一把缎面小扇轻摇。手抚过垂有绿柳的砖块，指甲上落下些许颗粒。脚踝上细带高跟鞋，徐徐走两步，远处镜头左右移动。

弄堂里，烧炉子做饭的大妈，提着鸟笼穿着宽松白裤的大爷，提着番茄生菜、一脸疲惫的青年，看着不觉稀奇，瞄一眼就绕开些。戴红领巾刚放学的孩子们觉得新奇，啃着棒冰，看一会儿，就被大人赶着回家做作业去了。

着中式服装的男子，跑得满身大汗，手里抓着一马甲袋棒冰，招呼大家休息下再拍。借来小凳子，女子嘟着嘴，小声抱怨着天气热，脚从高跟鞋里抽出来，男子笑着摸摸她的头。清冷的旗袍刹那间有了如水的温情。

远处的摄影师嘴里叼着冰棍，忙着咔嚓，记录下自然亲近的时刻，心满意足地给新人竖起大拇指。

旗袍，是很见身形体态的，藏不了。

张爱玲说：旗袍是暧昧的。暧昧的味道诱惑着所有的女人，没有哪个女人能抵制旗袍的美丽。光影下，苏丽珍身上几乎没有一件重复的旗袍，巧笑倩兮，迎风款款而至。

在一张老照片中，张爱玲穿着旗袍，宽宽的七分袖，高高的领子，镶着黑边。她昂头、叉腰，眉眼轻扬，眼神清冷。这种美，美到了骨子里，由内而外散发出来。

旗袍，有棉麻，有丝绸，无一不服帖地包裹住曼妙的身躯。旗袍领子，或立领，或翻领，只露出修长的藕粉色颈脖，配上几颗精致的盘花扣。裙叉，由裙角一直开到大腿根部，也有改良成短衣长裙的，有张有弛，美得有度。

茶室里，一袭素雅旗袍的女子端坐在木椅上，身前一整套茶具，与客人围桌而坐。她轻拈茶盏，温热壶盏，用茶匙将红茶拨入壶中、泡茶、斟茶。来客微微点头，端起身前的茶杯，闻香、观色、喝茶。茶叶在滚烫的热水中优雅翻腾，舒展开来，身穿旗袍的女子，在氤氲的茶香里，岁月静好。

美，是透过衣服的魂、气。

自然流泻、成熟的韵味需要生活的积累与沉淀，更需要心灵的历练与返璞。

见一场特别的旗袍秀。平均年纪六十岁多，十来位错落排开。伴着典雅的音乐，有的身披轻丝，摇曳经过；有的手握油纸伞，侧身微笑。虽身材不都凹凸有致，旗袍的颜色也浓重些，但走起路来娉娉婷婷，不输年轻女子。接纳、自信，对待自己的身材，也能看得出对待很多事物的态度。

曲毕，全场掌声雷动。一同来社区参观的姐姐放下拍摄的手机，自言自语道："等我老了，要是能有这种气质，就太好了。"

还见历经沧桑后的淡定与从容。做志愿者，不同的场馆，有介绍、引导、翻译等任务，接驳车来回开。大夏天，一位头发花白的老人，穿着宽松的志愿者衣服，踩着布鞋。有座位，她不坐，说自己脚劲好，生病之后就出来做志愿者，心情好，身体也舒坦。车到了，她下车，淹没在一群年轻大学生中，轻快地跳几步。

之后一次志愿活动，见她提着一袋爱心帽子，深蓝色、大红色，沿路给在亭子里站着指引的志愿者们戴上。

与李菁姐姐相识，她善写作、喜摄影，山水间，有她的遇见美宿。看她的朋友圈是美的享受，她经常会分享些摄影、自我感悟，令人沉浸其中。

清晨，吃一碗古镇小食，后院细嗅半开半掩的小花，闭眼凝神呼吸。收拾停当，她往花瓶里插一支鲜嫩的花朵，坐在木藤椅中，手捧线装宋词，眼神灵动，在海棠花下念书写文。

记得她生日那天，分享一组照片，穿着浅色格子旗袍的她，背倚在大树上，手里握着一片树叶，眼睛闭着，嘴角笑着，时光在她脸上仿佛没有痕迹，安静、祥和。

她喜为其他女子拍照，昏黄的光影下，暗红色的旗袍，开衩到大腿，魅惑的眼神，张扬肆意的美。也有素色旗袍的女子，捧着大的红花，挂着纯白珍珠耳坠，低头微微含笑。

后来不曾见过这些闪着光的女子，而那光却含在莞尔一笑中，熠熠生辉。

平凡之路

认识一位老师，姓栾。

按常人眼光来看，他大概是个不合时宜的"愤青"，年纪到了，可每每分享一些打抱不平的故事与观点，还会与持有不同见解的评论者热血辩论，一如微信头像中那个身着军装、初出茅庐的小伙。有时他也会自嘲年纪大了，可这劲儿还是改不掉。

一次，他在朋友圈分享一部《冈仁波齐》的片子，里面一句话这么评价——它描述生死，不卑不亢，无喜无悲。初见，就觉得值得一看。找一个寻常的周末，一窥究竟。

这是一部关于藏族人朝圣的纪录片。

电影开头，就是很日常的晨起画面，整体色调灰冷，藏族人们在苍茫大地间，放养牛羊，席地喝茶，围坐聊天、祈祷。电没了，便点起一支蜡烛；电来了，就把蜡烛熄灭。

藏族汉子尼玛扎堆，为了完成父亲的遗愿，打算启程去朝圣。于是，故事便徐徐展开了。

最终十一个人，一位孕妇、一个九岁的孩子、一个有残疾的少年，还有常喝醉酒的屠夫，伴着家人的祝福，在隆隆的拖拉机声中出发了。

一步，一伏地，一叩首，一合十，一念，一想，他们重复着这一系列的动作，从天亮到天黑，从大雪纷飞到绿草青青，九岁的孩子头疼了，还是毫不含糊地继续磕着长头，往前挪动着。

一路上，有新生命的诞生，也有老人的去世。他们祈祷，他们接受，他们祝福，他们前行。

一路上，有积水，他们蹚过去；有大雪，他们磕过去；有石头掉落，他们走过去；有虫子经过，他们就静静趴着，只等虫子走过。

一路丈量，一路经历，都是那么坦然，那么平淡，连预想中电影的转折点都没有。也许，这一路平凡，就是人生。

最后，这群朝圣者还在这么一步，一伏地，一叩首，一合十，一念，一想中前进着，群山在烟雾中，人在群山中。

联想到另一个故事。

在一个地方，也有十一个人，在自己的平凡之路上，一步一个脚印，走着。

就像《没眼人》开篇写的——

　　传说，二战期间，在西部太行山深处，有过一支为中国抗日军队服务的特殊情报队，所有的人都是瞎子，但太行人管这些人不叫瞎子，叫没眼人。

原先一共有三十三个没眼人，组成一支特别的情报部队。仗打完了，这支队伍却还在，山里的孩子要是眼瞎，大些了就会被送去这一支队伍当徒弟，走山，几十里地得走，生生死死，死死生生。

县志里没有他们，也鲜提起原先的名字。照片里，穿着花布袄，戴着一顶红色毛线帽，裹着绿色围巾，黑色皮鞋上沾满了黄泥巴。雪天，微卷的头发上沾上滴滴雪珠子。她从一首小调寻起，从老一辈脑海中记得的屎蛋、七天、光明等名字中，遇见一个个鲜活且浓厚的故事，这一遇就是十年。

他们以流浪卖唱为生，行迹缥缈，与世隔绝，却有着独特的生命张力。洒在屎蛋和二梅身上的漫天梨花、趴在窗口手捧着大红色纸风车的盲孩，补亮从炕柜里翻出来的那件红底白碎花的单布衫，缝在亮天贴身内衣里的几分几毛凑的学费，巷子里写着"亮眼灯"三个黑字的丧灯……只远远闻得太行山上纯粹自由的歌声，毫无杂质，就是他们了。

他们和朝圣者一样，一直在行走。只有一件行李，就是铺盖；只有一个信仰，就是不停地唱；只有一个节奏，就是一个梆子。

没有光与影，没有世人的狰狞欲望，可他们的心却是明媚如早春的日头，他们的爱却是鲜活如耳边的歌声。他们一直在路上，平淡地接受一切经历，好的或者坏的。

他们在风里、在雪里，叩首、高歌，我们也时时刻刻忙碌着、用力生活着。孤寂与热闹，漫长与快速，看似天差地别，其实也有一样的。

他们坚守自己的信仰，努力成就内心的自由。

我们也有自己的期盼，努力实现预期的美好。

曾经有一年的高考作文题目，是《拒绝平庸》。老师帮大家考后审题说，平庸不等于平凡，我们可以平凡，但不可以平庸。当时她写的是扑火的飞蛾，回顾这么些年，依旧分不清自己的日子是平庸还是平凡。

都说人生不易，多少人是为了我们负重前行，也许是时候，该我们自己上路，走下去，在平凡的日子里试着坚持些什么，无论是栾老师，还是这一群又一群人，我们、你们和他们。

即使明白有些东西，改变不了，但依旧努力看到自己想看到的，并使它发生。在平凡之路上前行、修行，选择自己的本心，坚定而不固执，勇敢而不鲁莽，如栾老师那般，也是值得我们点赞的。

就像片尾曲《平凡之路》所唱：我曾经失落失望，失掉所有方向，直到看见平凡，才是唯一的答案。

愿，平凡之路上，我们不弃信仰，终获自由。

眼　神

初中同学前年年初办的婚礼。

门口的海报上男生穿的军装，很显精神，女生穿的婚纱，温婉优雅。婚礼上也是如此。进门时打个招呼，来宾不少，两个人略显疲惫，但眼睛还是笑得眯成一条缝。

大厅里循环播放着每个阶段的照片。学校里，他不敢看她，眼神躲躲闪闪的，每次她回头总能碰到他懵懂而温柔的眼神，一起在操场跑步、看书、写作业。

后来学校征兵，他想圆心中的当兵梦。走的那天，他戴着大红花，父母在一旁抹泪，拍着肩膀让他好好表现。她在班级靠窗的位置，往校门口望，悄悄挥挥手，强忍住眼泪。

部队里，他是最努力的那一个，一有空就学习理论知识，考上了军校，留在部队里。一年只能回来两次。这么多年，大大小小的节日不能在身边陪伴，见面的时候她总是开心笑着，可他从一个眼神就知道她的委屈和不易，他懂她。看着他穿着军装，刚毅而深邃的眼神望着远方的时候，她理解他。

前些天碰到她，热情地邀请我去家里做客，她开锁、推开门。门口探出个小脑袋，一双小眼睛明亮闪烁，旋即缩了回去，厨房里传来了烧菜声和香味。她笑笑说，那是我爱人。说完，逗逗母亲怀里的新生儿。

饭桌上，他说："我很羡慕那些每天一回家就能看到对方的，也许在他们眼里很平常，可是对我们来说，却弥足珍贵。第一次见她的时候，心里就知道是她了。"

他柔情地望着她，给她夹一只鸡腿，眼里满是宠溺和心疼。

爱啊。

至尊宝说："晚上见。"然后转身离开，紫霞仙子看着心上人离开的背影，眼睛里都在不停地冒小星星，嘴角不自觉上扬。一瞬间花好像更香了，天好像更蓝了。

菁菁是我们几个小姐妹里最早有孩子的，常晒宝宝的照片。宝宝的眼睛大大的，特别清澈，就像是一汪湖水。照片上抱着宝宝的菁菁，穿着宽松的家居服，剪着短发，手中拿着小玩偶，对着怀里的宝宝甜甜地笑着。

菁菁耳朵旁边有块胎记，两个瓶盖大小。小时候被好事的男生取绰号，懂事后就一直留着长发，习惯把头发夹在耳朵后面。

当时，她与男友相处得不错，但她心里一直有这个疙瘩。一次和闺蜜、闺蜜的男友一起吃火锅，服务生递上两个橡皮筋。男友想给菁菁扎头发，菁菁说什么都不同意。男友撩了下她的头发，看到耳朵后的胎记，愣了一下，随后手夺拉下来，菁菁的头发顺着掉下来，打翻了桌上的调料碗。

她像个做错事的孩子，低着头不说话。男友虽然嘴上说没关系，可眼神闪烁。原本说周末要介绍给他朋友认识的，也不了了之。淡着，淡着，就没了消息。

打那以后，她更觉得那个胎记可恨，就像是自己的一个污点。分手后，把自己关在房间里，介绍的对象一个也不见。出来聚会，也是低着头不说话，厚厚的刘海盖住眼睛。

过了一年多，菁菁晒了一张短发的照片，照片里的她笑得美美的，还有一张是男生的照片，耳朵同样位置也有一个胎记。照片上附着这么一句话：他说别人情侣衫、情侣鞋，我们情侣胎记，一辈子都不害怕弄丢了彼此。

菁菁回忆说，当时她哭着笑着帮他擦去黑色颜料，他为她撩起耳边的长发。第一次她剪了短发，抬起头看他，他为她拍照片，说这样的她最好看。

这是好的爱情，祝福她。

不爱，多半也是从眼神开始的。躲闪的目光接触，默然的眼角，冰凉凉的眼神，没有一丝光亮，像是太阳落山那一刻，毫无留恋的决绝。四目相对时，眼神不再纠缠，若即若离，不再坚定。

一开始，也是宠溺的眼神。可在一起时间久了，他不耐烦，在外面吃饭，回去路上偶遇朋友，停下来聊天。她肚子有些不舒服，轻轻拉了下他的衣角，在他耳边说，她想走了。他往后一瞥，余光都不曾扫见，只是嘴里说着，哦，注意安全。说完就继续和朋友说话，他与朋友哈哈大笑，她捂着肚子坐地铁去了。

有这么一句情话，说得很撩人——你的眼睛真好看，因为里面有日月、冬夏、晴雨、山川、花草、鸟兽，但还是我的眼睛更好看，因为里面有你。

每个人内心的质地都隐于一颦一笑，那些不经意流露出可爱小动作的人，那些望向你捂住嘴巴、眼睛里流露着笑意的人，值得珍惜。

愿有一个人透过眼睛看到心，历经再多坎坷，依然明亮得像个孩子一样。

暂 停

《闲情偶拾》，韦尔乔作图，人邻写文。素色简单的封面及文字。一幅幅在病例单上、化验单上的插图，大多是简单的蓝色墨笔勾勒而成。

一个人，一个物件，一朵花，自带些许的冰凉。哪怕不看字，也能生发出不少思绪来。旁的文字，就像在后记中写的，呈现出真正的生命质感。正如书名，闲时翻个数页。每次读，都会有不一样的感触。

这几年发生太多事情，好的，坏的，似是而非的。想张开嘴说些什么，可看着雪花一样的纷落，没有喘息的机会。翻几页书，心静些。

原先的街道灯光闪亮，充斥着广场舞音乐、卖小玩具的摊贩叫卖声。小汽车驾驶员下车买麻辣烫，车子堵住了小路口，一排的车子嘟嘟嘟按喇叭。繁杂的声音扑面而来，裹住全身。

这么些天，一同按下暂停键。车不堵了，马路上偶有行人，也是戴着口罩行色匆匆，过了寒假，学校里依旧听不到琅琅读书声。菜场没了喧闹的烟火气，采购了够十天半个月的米面，就尽量不出门、不添乱。

没有硝烟的战场上，有的承担着自己原先的角色，身穿厚厚的防护服救死扶伤；有的从写字楼到了口罩流水线上，第一次成为一线工人；有的在搭的简易棚里，给来回出入的居民量体温，做登记。

窗边，有的夫妻在家，一个跟着电视挥舞着扇子跳舞，一个在沙发里静心看书，不时从家里的窗户口，朝外望太阳；有的乖巧地坐在书桌上写课外作业，看着时钟，等着微信那头父母的视频邀请。

最怀念的,是一种感觉,如温暖的光,肆意照下来。

北京的小伙伴,和几个同事合租公寓住。她从网上淘的书架,拼了一上午,放满了书,摆上两盆多肉小盆栽,空空的地上铺一块格子的毛茸茸小地毯。

她养了一只萌萌的小猫,晚上拖着疲惫的身子回到家,小猫就拥进怀里,软软的、灵动的眼睛眨巴眨巴。换上睡衣,打开电视机随便挑一个频道,抱着小猫,眯眼睛放空,不知不觉睡着了。猫轻轻拱拱她,她摸摸小脑袋。暖暖的落地灯,黄光照下来,"家"显得特别温暖、可人。

清晨,毛茸茸的小脑袋蹭过来,她按下闹钟,用力睁开眼,一双眼睛冲着她,喵喵喵叫。她伸个懒腰,匆忙收拾停当,出门时给小猫的碗里添上一天的粮食。

有段时间,不能去公司,只好在家上班,对着不快的网速,她白天想创意,也一个人啃馒头就咸菜当一日三餐,不时跳出来的银行卡余额数字让人心慌。可猫在,家在,文字在,光就会自如地洒下来,给予力量。

她发朋友圈说,日子也许是需要回过头来,静静地看着那些纤细的浸透了阳光的线,温柔地在暖风里明媚地舞动,纤细、轻柔、朴素,没有一丝阴影。嗨,又是元气满满的一天。

人邻有一篇写时间的小诗。

我将隐匿于
整个世界。
只悄悄惦念
可以结束、可以充满我的。

我隐匿和屈服于整个世界,
但我只是想从世界的深处
抓住一根钟簧,

拧在黑暗——黑暗的最紧处，
感觉世界最深、最颤抖的热爱。

会好吗？
会好的。

读

　　读书是动人的。抚摩扉页，便被一缕特有的香笼罩了。也可以说，是被一种感觉笼罩了。那种感觉是周身的、舒展的，就像是微雾的清晨，拾阶而上，呼吸旷然之气，拥万物之灵。

　　从《一千零一夜》，到杂家杂著，其间搬了几次家，书送了不少，又买了不少，因此书架总还是满当当。

　　却是，恰恰好。

　　她说，物有灵，书为最，我深信不疑。抚过书架上的每一个线条，仿佛觉得每本书有她的年纪，有她的嬉笑怒骂、阴晴圆缺。尤爱日常里开出的文字，读罢都是温温的、润润的，似玉兰，不张扬、不露锋芒，却在琐碎里开出美来，令人感怀于此，动容于彼。

　　花开有时，恰如读书。何时？多是意会。兴许是温暖的阳光半眯双眸，听公众号里小宜念着木心的诗；或是一个雨天，耳边雨声滴答，书里却是雷声轰鸣、牵动心神；抑或是通往金融街的地铁里一手握着把手，一手托着《见素》，恍若四下通透并无他物。

　　多是一个没有课的下午，光顾一位姐姐经营的小店，以时光为名，装得极简。纯白的台子上，看似随意地摆放着二三书籍，除了书与看书人，无他物。随意一个角落，就这么舒服地过一段时光。

　　奇妙，与书相处的时间总是过得极快。无论是平实的话触碰到陈年的疤，还是如微风拂过心泛起圈圈涟漪，过后多是心静、平和。一横一竖、一撇一捺、一字一句，余味悠长。

时光转瞬即逝，对于读书的体悟也不尽相同，执念却是相同。记得儿时的夏日，时有说书先生路过。我便扒拉两口米饭，拉着隔壁的小石头一起去村头。一人一个小板凳，早早地坐在人前头，听着梁山英雄、奇闻逸事，蚊子叮了一身也不觉得。后来有了带图的故事书，有了稳当的书店，便不再有这般经历了。细想来，听书倒别有一番趣味。

大了以后，才真切感受另一番人生，另一种体悟。父亲曾买回很多书，里头诸多科学家、政治家、慈善家的平生事迹，现在看来虽达不到如此境界，但院子里被砍的樱桃树、篱笆上敲上又拔掉的钉子、雷雨天系在绳子另一头的钥匙，这些日常的启迪都清晰地记得。可能以作者的视角，或者是一个小配角的视角，代入其中，探众生万象、品人生百态，心境得以澄澈与通透，内心得以有温度与思考。

三毛说，读书多了，容颜自然改变，很多时候，自己可能以为看过的书籍都成了过眼烟云，不复记忆，其实它们仍是潜在气质里、在谈吐上、在胸襟的无涯里，当然也可能显露在生活和文字中。

雪小禅老师。初见她的文字，便很是喜欢。她对光阴的感知，对日常的敬重，对生活的态度，有一种平淡天真，却充满温度和感情的味道。她爱早晨的朝霞，感觉春天的第一朵花开，随时感受生活的温度，并且怦然心动。她，是活在时间之外的人，无视时间的存在，享受刹那。

更妙的是，她以文字与照片传达这一份美好。不惊心动魄，不魂牵梦绕，有的是来自日常，心动于日常，又归于日常的悠然。不念旧、不妄念，有的是对往事宽容，对未来淡然，多的是定格此刻。

有读者这么说她，白玉条条的美在那里。

是这样了。

常想，该要如何，才能做到如此风轻云淡，有万物、有众生。大约还是要经历，才能在他人的目光下坦然做自己。只要过好此刻，为自己所沉浸，便是对光阴最大的敬意。

姐姐又出了新书，书的封面是她的照片，印花的上衣，棉麻的长衫外衣，深蓝色的长裙，乌黑的长发随意洒下，院子里的芦荟长得正盛。

若不是旁边坐着个正看书的孩子，还以为仍是二十三四的年纪。

明眸善睐，清风朗月。

终其一生，我愿与书为伴，像人邻写到的，做一个内心炽烈同时不淡漠转身离开的人。

愿你，放下，捧起，读吧！

一个人的星星

北京郊区的天空，有星星。

一天的军训结束，排队冲好凉，夹着洗脸盆，提着统一发的大茶壶去打水。边等着水灌满，边伸个懒腰望天空。不似往常，点点繁星，清亮极了。边上几个同样穿着迷彩短袖的姑娘，指着夜空，辨认着北斗七星。

特别的，还数流星雨。冬天，与舍友们结伴抱着书从图书馆出来，路过篮球场。十点来钟，快到宿舍关门的时候，操场上人依旧很多，三三两两坐在地上，说着流星雨。漫天的流星雨，只在歌曲的画面上见过，顺着 F4 的指尖滑落。

未曾见过，自然是欣喜的。不知何时来，不知能否见，尽管风吹得脸颊疼，腿冻得直哆嗦，但还是毫不犹豫选择等待。选一个开阔的地方，把旧书本放在地下，坐上去。

等待也不枯燥。有人放着歌儿，身体跟着左右摇摆，哼着陪你去看流星雨、落在这地球上。

坐得腿麻，正想着站起来松动下，忽闻有人惊呼，看，流星。还没顾得上找到在哪个方向，流星就转瞬即逝了，捏着手机的手，还没来得及合拢。

可值得等待。先是一颗一颗零散地落下，四周就几盏路灯，仰头望偌大的天空，生怕眼睛一眨错过。终于，一阵密集的流星雨来了，合拢手闭眼许愿。虽然已经忘记许的是什么愿望，但欣喜极了。

大多是不见流星雨的日子，自己折。去小卖部花五毛钱买折纸，有条状的、有塑料的，最流行的是发光纸条的。课间，女孩子们凑在一起折星星，会的教不会的。

男生挥挥手嗤之以鼻，不服气的女孩站起来，从头上摘下黄色橡皮筋，一比画，做出星星的形状。"你会吗？""呵，我才不想学呢。"男生一撑开，一松手，橡皮筋不知道弹到哪里去了。女孩一边马尾辫，一边散着，直到放学。

青春里的悸动，在吵吵闹闹里，在单纯发光的眼眸里。她关灯，轻手轻脚从抽屉里拿出纸，钻在被子里折星星。折一颗，放一颗，透明五角星杯子慢慢盛满。手掩住，真的会发光。星辰，在她的床头闪着温柔的光。

后来，两个人的星辰，成了一个人的星星。苏轼有词云："明月如霜，好风如水，清景无限。"一个人，终究是活成自己眼里最明亮的自己，不失美好。

歌里唱"夜空中最亮的星"，大抵是年少时的笑，心里的梦，手心里的光。

只消梦里再见，繁星点点。